마녀체력
마녀 같은 체력을 장착한 걷기 도사.
자랑할 만한 신체 부위는 굵은 허벅지다.
매일 일상생활로 만 보 정도 걷는다.
운동 삼아 걸으면 10킬로미터를 훌쩍 넘긴다.
1년에 350일은 운동화를 신고 에코 백을 든다.
운전을 잘하지만 주로 대중교통으로 움직인다.
하루에 서너 번 공공자전거를 탄다.
설악산을 끝까지 함께 올라 본 남자와 살고 있다.
다 큰 아들과 동네를 산책하는 게 큰 기쁨이다.
팔순에도 여전히 잘 걷는 두 어머니를 두었다.
히말라야, 몽블랑, 노르웨이 등을 트레킹했다.
27년간 출판사를 다니며 편집자의 길을 걸었다.
『마녀체력』과 『마녀엄마』를 쓰며 작가의 길에 섰다.
뚜벅이로 전국 책방과 도서관을 다니며 강연한다.
체력을 강조한 『세바시』 강연은 누적 조회수 220만을 넘겼다.
다리에 힘이 남아 있는 날까지 걷는 여행을 할 거다.
걷다가 저세상으로 가도 '좋은 죽음'이라 여긴다.

블로그 blog.naver.com/mingilmom
인스타그램 @withbutton

걷기의 말들

걷기의 말들

일상이 즐거워지는
마법의 주문

마녀체력 지음

유유

걸어, 들어가는 말
우리 함께 걸어 볼래요?

『걷기의 말들』을 써 달라는 제안이 들어왔다. 고민하지 않고 덥석 받아 물었다. 안 그래도 배우 하정우 씨에게 "누가 더 잘 걷나" 도전장을 날리고 싶었다. 이래 봬도 내가 걷기 도사 아닌가. 운동화 신고 짐만 없다면, 세상 끝까지도 걸어갈 판이다.

걷기에는 특별한 기술이 필요 없다. 인간이 매일 하는 가장 '기본' 움직임이기 때문이다. 단순하고 쉬운데, 꾸준히 지속하면 효과가 어느 운동 못지않다. 게다가 걷기를 잘해야 다른 종목으로 쉽게 나아간다. 내가 하는 운동은 죄다 걷기의 변형이다. 빨리 걸으면 달리기, 산을 걸어 올라가면 등산, 물 위에서 걷는 게 수영, 자전거는 페달을 밟으며 걷는 셈이다. 아! 배드민턴 역시 코트 위에서 걷는 운동이다. 잘 걷는 사람은 뭘 하든 유리할 수밖에 없다.

걷기의 효능은 마음의 병에도 부지불식간에 발휘된다. 온몸을 움직이다 보면 뇌 기능이 활발해진다. 머리 회전이 빨라져 막혔던 생각이 퐁퐁 솟는다. 좋은 호르몬이 분출되면서 나쁜 스트레스를 가라앉힌다. 땀으로 촉촉해지면서 금세 기분이 좋아진다. 우울증 치료, 노화 방지에 좋다. 각종 암을 예방하는 특효약이다. 그러니 걷는 건 누구에게나 언제든 이익이다.

한 차원 더 올라가면, 걷기는 '영혼과의 접속'이다. 걸으면서 나는 신에게 기도하고, 죽은 영혼을 불러내 대화한다. 느릿느릿 걸으며 숨 가쁘게 달려온 하루를 반성한다. 내 메마른 영혼에 고요한 물기를 선사한다. 노래를 흥얼거리며 자연 속의 평화를 만끽한다. 이런 시간이 많아질수록 삶은 더 깊고 부드러워진다.

한편 육체의 움직임을 넘어, 걷기는 '인간의 생' 자체를 의미한다. 스핑크스가 오이디푸스에게 던진 그 유명한 수수께끼를 되짚어 보라. "아침에는 네 발로 걷고, 점심에는 두 발로 걷다가, 저녁에는 세 발로 걷는 짐승은 무엇인가?" 정답은 인간이었다. 여기서 걷기란, 인간의 탄생부터 성장, 노화, 죽음에 도달하는 짧고도 기나긴 삶의 과정이다. 애인과 나란히 걸으며 쌓아 가는 사랑, 지지고 볶으며 아웅다웅 인생을 걷는 부부, 기적처럼 느껴지는 아이의 첫 발걸음, 온 가족이 손을 잡고 걷는 최고의 행복, 같이 걷던 이와 이별해야 하는 죽음과 생의 갈림길. 그런 희로애락을 가슴에 품고, 인간은 앞으로 걸어갈 수밖에 없는 존재다.

그뿐인가. 걷기는 인간의 모든 의미 있는 행위를 상징하는 메타포다. 내 인생을 당당히 걸어가거나 당신의 마음속으로 조심스레 걸어 들어간다. 혼자 걸으면 산책이고, 여럿이 걸으면 행진이다. 때로는 과거로만 걸어 들어가고, 가열차게 미래를 향해 나아가기도 한다. 살길을 찾아 걷기도 하고, 힘없는 다리를 질질 끌며 걸어간다. 이렇게 다채로운 인간의 의지를 상징하는 동사가 또 있을까. 만약 누군가 "함께 걷자"는 쪽지를 남겼다면, 함부로 넘겨짚지 말기를. 점심을 먹고 나서 산책하자는 건지, 작당을 하자는 건지 잘 생각해 봐야 한다. 아니, 어쩌면 수줍은 프러포즈를 하는 건지도 모른다.

아끼는 알토란 같은 책과 영화에서 '걷기의 말들' 100개를 찾아낼 때마다 "유레카!"를 외쳤다. 동시에 내 인생의 빛나던 순간들을 건져 올리기도 했다. 그러니 『걷기의 말들』은 단순한 걷기 매뉴얼이 아니다. 걷는 행위를 통해 몸과 마음의 건강, 인생과 인연의 의미, 여행과 독서의 재미를 버무린 '총천연색 걷기 예찬'이다. 마녀체력이 독자들에게 거는 '초강력 마술'이기도 하다. 주저앉은 사람도 벌떡 일어나게 만드는 주문은 다음과 같다.

"우리, 함께, 걸어 볼래요?"

아, 모르겠다,

일단 걷고 돌아와서 마저 고민하자.

하정우, 『걷는 사람, 하정우』(문학동네, 2018)

001

책의 얼개를 짜거나 딱 맞춤한 제목을 떠올려 내야 할 때. 집 안에 틀어박혀 머리를 굴려 봐도 뾰족한 수가 생각나지 않을 때. 잔뜩 쌓인 설거지거리나 여기저기 널린 옷가지들을 볼 때. 잘 벼린 비수 같은 말을 날리고 되받아, 마음에 상처를 입었을 때. 좁은 공간에서 찌푸린 상대의 미간을 맞대야 할 때.

그럴 때가 바로, 나가서 걸어야 할 시간이다.

바깥 공기를 마시며 심호흡을 하라. 팔을 힘차게 앞뒤로 휘저어 보라. 성큼성큼 발을 내디뎌야 한다. 몸에서 열이 나고 땀이 흐르고, 에너지가 스멀스멀 솟는다. 슬그머니 창작의 영감이 싹을 틔운다. 목구멍까지 차올랐던 스트레스가 가라앉는다. 구멍 뚫린 상처에 새살이 돋는다.

어라? 단순히 걷기만 했을 뿐인데 기분이 좋아졌다. 어깨를 무겁게 짓누르던 고민이 가벼워졌다. 소매를 걷어붙이고 '어디 한번 해 보자' 맞붙고 싶을 만큼 만만해졌다. 돈 한 푼 안 들면서 효과는 빠르다. 아는 사람들은 이미 종종 써먹는 특효약. 나는 그것을 '걷기의 마술'이라 부른다.

비 오는 날에는 비를 듣는다.
눈이 오는 날에는 눈을 바라본다.
여름에는 더위를,
겨울에는 몸이 갈라질 듯한 추위를
맛본다.
어떤 날이든 그날을 마음껏 즐긴다.

모리시타 노리코, 『매일매일 좋은 날』(이유라 옮김, 알에이치코리아, 2019)

002

일주일에 두어 번, 산자락에 자리 잡은 숲속 도서관에 들른다. 차가 다니는 큰길로 걸어가면 2.2킬로미터. 둑 위로 이어진 산책길을 따라 산을 통과해서 가면 왕복 10킬로미터다. 걷기를 좋아하니 대개는 '일부러' 돌아가는 먼 길을 택한다. 시간 여유가 없거나 책을 급하게 대출하려면? 다 방법을 마련해 놨다. 공공자전거 '따릉이'를 이용해 축지법을 쓰면 된다. 일상생활에서 듀애슬론을 연습하기 딱 좋은 코스랄까.

집 근처에 이런 근사한 숲길이 있다는 걸, 퇴직 후에야 알았다. 20년 넘게 살아온 동네에서 말이다. 내가 그동안 뭘 잃어버리고 살았나. 땅을 치며 아쉬워할 시간이 없다. 이제부터라도 실컷 누리는 수밖에. 흙을 밟으며 오솔길을 걸을 때마다 행복해서 눈이 시릴 정도다. 우리 집 거실에 고흐의 진품 풍경화가 걸려 있다 해도, 난 사람들에게 이 숲길을 먼저 자랑할 거다.

산벚꽃 흐드러지고 연둣빛 새순 반짝이는 봄날. 나무들이 시퍼렇게 피톤치드를 뿜어 대는 여름. 발갛게 물든 잎들이 살랑거리며 춤추는 가을. 온 세상이 하얀 적막에 감싸인 겨울. 더우면 더운 대로, 추우면 추운 대로 다 걷기 좋다. 비가 내리고, 바람이 불고, 흐린 날씨면 어떤가. 운동화만 꺼내 신으면 금세 자연으로 스며든다.

『매일매일 좋은 날』의 노리코는 창밖 풍경을 내다보며 차를 마셨다. 나는 그 풍경 속으로 직접 걸어 들어가 공기를 마신다. 걷기에 안 좋은 계절이나 날씨 같은 건 없다. 일일시호일. 날마다 걷기에 좋은 날이거늘.

만약 당신이

어떤 일에 뛰어난 것 같은데

얼마 동안 해 보니 질린다면,

그 일은 하지 않는 것이 낫다.

당장 뛰어난 것 같지는 않지만

하고 하고 또 해도

질리지 않는다면,

그것은 시도해 볼 만하다.

정세랑, 『시선으로부터,』(문학동네, 2020)

003

“저도 운동을 해 보고 싶은데, 뭘 하면 좋을까요?”

강연하러 갈 때마다 많은 사람들이 묻는다. 질문이 막연하니 대답도 어정쩡할 수밖에 없다. 더군다나 나는 헬스 트레이너나 프로 운동선수가 아니다. 내 흥에 겨워 오랫동안 혼자 운동한 한낱 아마추어일 뿐이다. 질문한 사람의 관심사나 몸 상태도 모르면서, 딱 맞는 조언을 하기는 어렵다.

그럼에도 불구하고 자신 있게 시작해 보라고 권할 수 있는 운동은 ‘걷기’다. 왜?

첫째, 바로 시작할 수 있다. 맘만 먹으면 지금부터 운동화 신고 나가서 당장. 둘째, 시간과 장소에 얽매이지 않는다. 새벽이든 한밤중이든, 아파트 단지 안이든 논두렁이든. 셋째, 별 가욋돈이 들지 않는다. 오히려 차비를 절약할 수 있다. 넷째, 운동 신경이나 민첩성, 순발력이 필요치 않다. 장삼이사, 남녀노소 누구나 가능하다. 다섯째, 매일 걸어도 질리지 않는다. 평생 동안 지속할 수 있다. 여섯째, 뭣보다 걷기조차 시작하기 어렵다면, 대체 무슨 운동을 할 수 있다는 말인가.

정세랑 작가는 『시선으로부터,』를 통해 말했다. “매일 똑같은 일을 하면서 질리지 않는 것”이 바로 재능이라고. 얼마나 다행인가. 대부분의 사람들이 어제도 걸었고, 오늘도 걷는다. 그러니 어떤 운동을 해야 할지 도무지 감이 서지 않을 때, 걷는 양만이라도 슬쩍 늘려 보자. 어라? 매일 1만 보 정도는 걸을 만하다고? 질리지 않는다고? 축하한다. 당신도 숨겨진 재능을 찾은 것이다.

인생이란 비탈길과 같다오.
올라가는 동안은
정상이 보이니까 행복하지.
하지만 다 오르고 나면
갑자기 내리막길이 나타나고,
종말이, 죽음이라는 종말이
보이기 시작한다오.

기 드 모파상, 『벨 아미』(윤진 옮김, 펭귄클래식코리아, 2011)

004

우리 집에선 해발 348미터 용마산이 보인다. 20분 정도 걸어 나가면 바로 등산을 할 수 있다. 그것이 얼마나 큰 행운인지 사람들은 알까. 정식으로 산을 타려면 준비할 게 많고 여러모로 번거롭다. 허나 맘만 먹으면 나는 매일이라도 산에 오를 수 있다. 가벼운 옷차림에 운동화를 신고 집을 나선다. 얼마간 이어지는 주택가를 통과하면 가파른 계단이 나온다. 반 정도 올라서는 순간, 주변 풍경이 확 바뀐다. 장롱 속을 통과해 순식간에 겨울나라로 들어서는 기분이랄까.

시간이 박한 날은 용마산 정상까지만 짧게 다녀온다. 여유가 있는 날은, 아차산으로 이어지는 9킬로미터 능선을 걷는다. 유독 오르막과 내리막이 짤막하게 반복되는 구간이기에, 사람의 인생살이와 비슷하네 싶다.

만약 모파상의 말처럼, 단 한 번 긴 비탈길을 올랐다가 내려가는 게 인생이라면 얼마나 허무한가. 내려가기 위해 산을 오르는 것이고, 결국은 죽기 위해 사는 것과 마찬가지 아닌가. 내 생각은 약간 다르다. 지금껏 살아 보니, 인생은 여러 높이의 비탈길을 계속 오르내리는 것이다. '이거 끝났네' 싶다가도 다시 오르막이고, 미처 몰랐던 정상이 또 기다린다. 그렇기에 종국에 입을 벌리고 있을 시커먼 죽음과 허무를 잊고 살아갈 수 있다. 마흔 살 넘으면 끝이라고 여겼던 내가 50대의 오르막을 또 신나게 걷고 있는 것처럼.

게다가 윤여정이나 밀라논나, 박막례 할머니의 빛나는 절정을 보라. 70대에도 이런 날들이 찾아온다는 걸 보여 주는 산 증인들 아닌가. 그러니 내리막이라 여기고 지레 포기하거나 멈추지 말 것. 눈에 흙이 들어가기 전까지 열심히 살아 볼 것. 어떤 오르막이 기다릴까, 잔뜩 기대해 볼 것.

살길은 한 걸음을 내딛는 것이었어.

또 한 걸음.

언제나 똑같은 그 한 걸음을

다시 내딛고 또 내디뎠지.

앙투안 드 생텍쥐페리, 『인간의 대지』(허희정 옮김, 펭귄클래식코리아, 2009)

005

생애 처음으로, 겁도 없이 마라톤 풀코스를 신청했다. 잘 뛸 수 있을지 스스로를 믿을 수 없었다. 무사 완주하려면, 적어도 한 주 전에 하프 정도는 뛰어 봐야 했다. 아침 일찍 일어나 혼자 중랑천 산책길로 나갔다. 걱정과는 달리 의욕 넘치게 반환점을 찍고, 무려 19킬로미터나 달렸다. '달리기 천재'라도 된 것처럼 의기양양했다. 그때 아무런 전조 증상도 없이, 빈 위장이 반란을 일으켰다. 순식간에 공기가 빠진 풍선처럼 위벽이 서로 딱 달라붙은 거 같았다. 허기가 져서 눈앞이 뿌옇게 흐려졌다. 배를 감싸 안고 근처 벤치까지 기어가 벌러덩 누웠다.

이럴 수가 있나. 저기 눈앞에 우리 아파트가 버젓이 보이는데도 갈 수가 없다니. 가볍게 달린다고 휴대전화도 두고 나왔다. 아무래도 상황은 마찬가지였을 것이다. 누가 와서 업고 갈 수도 없고, 그렇다고 차가 들어올 수 있는 길도 아니다. 결국은 스스로 일어나 걸어야만 했다. 보통 때라면 10분밖에 걸리지 않는 거리가 끔찍하게도 멀었다. 아무 생각 말고 한 걸음, 한 걸음씩 그저 내딛는 것밖에 방법이 없었다.

생텍쥐페리는 하늘을 나는 조종사였다. 생사를 넘나든 경험과 깊은 사색을 『인간의 대지』에 담았다. 타고 있던 비행기가 망망 설원에 추락했다면, 당신은 어쩌겠는가. 앉아서 죽기를 기다리거나, 끝까지 걷다가 죽거나. 동료 '기요메'는 간절히 기다릴 이들을 보겠다는 일념으로, 나흘 낮 닷새 밤을 내리 걸었다. 죽은 줄만 알았던 그가 피골이 상접한 채로 나타났으니!

한 발짝도 가지 못할 만큼 힘들거나, 다 포기하고 손을 놓고 싶을 때가 왜 없을까. 그때마다 배를 움켜쥐고 걷던 경험을, 그리고 기요메를 떠올린다. 갈 길이 멀고 고달프고 희망이 없을 때라도, 한 걸음씩 내딛다 보면 살길이 생긴다는 걸 배웠으니까.

펑! 튀밥 튀기듯 벚나무들,

공중 가득 흰 꽃팝 튀겨 놓은 날

잠시 세상 그만두고

그 아래로 휴가 갈 일이다

황지우, 「여기서 더 머물다 가고 싶다」, 『어느 날 나는 흐린 주점에 앉아 있을 거다』(문학과지성사, 1998)

내가 살고 있는 아파트 도로명은 무려 '벚꽃길'이다. 그렇게 부를 만큼 벚나무가 많으냐고? 많다. 게다가 나무 행렬도 꽤 길게 이어진다. 해마다 벚꽃 철이면 앞다퉈 엄청난 꽃팝을 튀겨 낸다. 벚꽃 천지라는 진해나 섬진강변이 부럽지 않다. 사람 붐비는 여의도 벚꽃 축제는 왜 가나. 바로 내 집 앞이 천국인걸.

벚꽃은 처음 피어날 때부터 지는 순간까지 황홀하다. 꽃망울이 한꺼번에 터지기 시작하면, 벚꽃길 주변이 일제히 환해진다. 연분홍 선녀 옷처럼 하늘거리던 꽃들이, 밤이면 색색의 조명을 받아 요염한 팜 파탈로 변신한다. 절정으로 치닫는 사나흘 동안, 가장 우선순위에 놓일 내 일정은 산책이다. 아침에 한 번, 밤에 나가 또 한 번. 고개를 젖히고 벚꽃 터널 아래를 걸으면서 생각한다. 이런 꽃날을 내 생애 몇 번이나 더 만끽할 수 있을까.

벚꽃 잎이 요정의 날개같이 점점이 흩날릴 때의 속도는, 초속 5센티미터다. 거기에 맞춰 사람은 초속 30센티미터면 어떤가. 좋은 곳일수록 천천히 걸어야 한다. 바쁜 일을 접어 두고, 생계도 잠시 밀어 놓고, 휴가를 온 것처럼 그 순간을 누려야 한다. 이기철 시인도 그랬다. '벚꽃 그늘 아래 잠시 생애를 벗어 놓아' 보라고. 다른 꽃이라면 몰라도, 벚꽃은 충분히 그럴 가치가 있다. 걸음을 멈추고, 숨마저 아낀 채, 그 눈부신 향연에 푹 빠져야 한다.

걷고 있으면
숨이 쉬어졌고 땀이 흘렀고
다른 사람들 앞에서는 흘릴 수 없던
눈물도 편하게 흘러나왔다.
아무에게도 할 수 없던 말들이
입에서 쏟아져 나왔다.
그 말들은, 내가 무엇을 그렇게
잘못했나요? 일 때도 있었고,
하나님, 하나님아, 나는 너한테
안 져, 안 진다고, 일 때도 있었다.

윤이형, 『붕대 감기』(작가정신, 2020)

"혹시 종교 있으세요?"

이런 질문을 받으면 약간 주저한다. 양쪽 어머니가 모두 독실한 신자라서, 1년에 서너 번은 절에 모시고 간다. 여행 삼아 유명한 절에 들르면 대웅전에 들어가 삼배를 한다. 그럼 불교인가? 교회나 성당처럼 매주 가는 것도 아니고, 교리에 해박하지도 않으면서 그리 말해도 될까? 이런 날라리 신자가 딱 한 번, 부처님 앞에 앉아 울어 본 적이 있다.

아들한테 문제가 생겼는데, 할 수 있는 일이 아무것도 없었다. 아들 곁에 가 있지도 못했다. 마침 시아버지 사십구재 기간이어서, 어머니를 모시고 절에 가야 했다. 평소에는 남들 따라 몇 번 절이나 하고 불경도 대충 읽었다. 그런데 그날은 나도 모르게 무릎이 닳도록 절을 하면서, 한없이 부처님을 찾았다. 목이 메고 눈물이 바닥으로 뚝뚝 떨어졌다. 태어나서 누군가에게 그토록 간절히 빌어 본 적이 있던가. 종교가 없는 사람은, 어쩌면 신을 찾을 만큼 절박한 상황에 빠져 보지 않은 게 아닐까.

그때 이후로, 산책을 할 때면 종종 기도를 한다. 내 한 몸 잘 살게 해 달라고 빌어 본 적은 없다. 남편과 아들이 많이 웃고 살기를, 두 어머니가 마지막 순간까지 건강하시길 기도한다. 외국에 이민 가서 외롭게 사는 동생네 부부 생각을 한다. 시동생네 말썽쟁이 큰조카 녀석을 떠올리기도 한다. 세월호 속에 있던 열여덟 꽃다운 아이들이나, 열여섯 달밖에 살지 못한 가엾은 정인이의 명복을 빌 때도 있다. 내 앞에 걸어가는 등 굽은 할머니와 다리 저는 할아버지를 축복한다.

혼자 걸을 때 손에 염주든 십자가든 묵주든 쥐면, 그 자리가 바로 절이요, 교회요, 성당이다. 때로 로드 킬을 당한 동물이나 말라 죽은 지렁이를 보면 나도 모르게 "나무아미타불"을 읊조릴 때가 있다. 아무래도 불교가 맞는 것 같기도 하고.

물론 전 휴대폰이 없으니
문자를 보내진 않지만,
실제로 휴대폰이 있어서
문자를 보낸다 할지언정
절대 그걸
걸으면서 하진 않을 겁니다.

프랜 리보위츠
다큐멘터리 『도시인처럼』(마틴 스코세이지 감독, 2021)

회사 후배가 다리에 깁스를 하고 나타났다.

"아니, 어쩌다 그랬어?"

"길에 박아 놓은 쇠기둥에 부딪혔어요. 왜 그런 걸 거기다 설치해 놨는지!"

진범은 쇠기둥이 아니라, 휴대전화였다. 메시지를 보며 답장하느라 앞을 살피지 못한 것. 정신없이 휴대전화만 들여다보던 사람이 공사 중인 구덩이에 빠지는 동영상을 본 적도 있다.

웃어넘길 수만은 없는 일이다. 지하철에서 내려 환승하러 걸어갈 때면, 똑바로 앞을 보고 가는 사람이 거의 없다. 심지어 층계를 오르내리는 동안에도 휴대전화를 본다. 도대체 그 시간까지 봐야 할 만큼 시급하고 중요한 일이 뭘까. 실례를 무릅쓰고 슬쩍 엿보면 드라마나 웹툰을 보고 있다. 유튜브나 게임 화면이 보이는 경우도 많다. 정말 '대애단한' 집중력이다, 그죠? 서로 부딪히거나, 발을 헛디뎌 넘어져서 대형 사고가 나지 않는 게 기적 같다.

작가이자 블랙 유머의 일인자인 뉴요커 프랜 레보위츠. 마틴 스코세이지 감독이 그에게 헌정한 6부작 다큐멘터리 『도시인처럼』을 봤다. 뚜벅뚜벅 걸으며 뉴욕에서 50년 정도 살아온 그도 한탄한다. 뉴욕 길거리에서 수만 명이 죽지 않는다는 사실이 놀라울 따름이라고. 앞을 똑바로 보고 가는 사람은 자기뿐이란다. 뉴욕 사람들도, 서울 사람들도 죄다 걷는 법을 까먹었나 보다.

걷거나 누군가와 대화를 나눌 때 웬만하면 휴대전화를 보지 않는 것이 내 원칙이다. 애플워치도 그런 용도로 차기 시작했다. 제발이지, 누가 죽어 나가는 급한 일이 아니라면, 걸을 땐 걷기만 하자. 드라마 주인공이 곧 죽을 것 같다고? 아무리 그래도 계단에서는 제발 휴대전화를 보지 말자. 경고한다. 그러다가 본인이 먼저 골로 가는 수가 있다.

가방의 무게는 삶의 무게와 같다고
생각하는 나로서는
최대한 짐을 가볍게 하고 싶다.

신미경, 『뿌리가 튼튼한 사람이 되고 싶어』(뜻밖, 2018)

009

명품 가방에 관심이 없다. 어쩌다 백화점이나 면세점에 갈 일이 있어도, 그쪽은 전혀 둘러보지 않는다. 젊은 시절에는 비싼 가방을 살 만한 여유가 없어서 그랬다. 중년 부인이 된 지금은 한두 개쯤 장만할 형편은 되지만 사기 싫다. 운동을 시작한 이후로는 누가 사 준다고 해도 손사래를 칠 판이다. 왜? 무거우니까.

외출할 때 지갑과 교통카드 지갑, 휴대전화 그리고 책 한 권은 반드시 챙겨야 할 필수 품목이다. 선글라스와 근시용 안경도 필요하다. 더불어 명함 지갑, 손수건, 작은 필통까지 챙기면 가방이 제법 묵직해진다. 다이어리를 휴대전화 메모장으로 대체하고, 마스크를 쓰고 다닌 이후로 화장품 파우치는 빼놓는데도 그렇다.

가죽 가방을 들고 다니려면 역시 자가용이나 택시 정도는 타줘야 하나? 30년 넘은 베테랑 드라이버임에도, 외출할 때 90퍼센트 이상은 대중교통을 이용한다. 집에서 지하철역까지는 세 정거장 정도 버스를 타야 한다. 시간이 없을 때는 얼른 뛰거나 공공자전거를 타면 더 빠르다. 지하철을 타서도 에스컬레이터보다는 주로 계단을 올라간다. 온종일 가벼운 몸으로 팔랑팔랑 걸어 다녀야 하니, 무거운 가방은 그야말로 최악의 짐일 뿐이다. 멋있기는커녕 '등이 휠 것 같은 삶의 무게'처럼 짓누른다.

그럼 어떤 가방을 들어야 하는고? 세상에서 가장 가볍고, 필요치 않을 때는 착착 접히고, 책 한두 권도 너끈히 들어가는 건 에코 백밖에 없다. 대부분의 편집자들은 아마도 천 가방 중독일 것이다. 누가 편집자 아니랄까 봐, 나 또한 가죽 가방은 싫다고 거절해도 에코 백이라면 자꾸만 욕심이 난다. 그러니 아셨죠? 혹시라도 저한테 뇌물 같은 거 주실 분은 명품 가방이 아니라, 에코 백입니다.

안나푸르나에 오면서,
링이 아닌 놀이터에
나를 부려 놓으리라, 결심했다.
죽기 살기로 몰아붙이는 습성을
버리고 가겠노라, 마음먹었다.
싸움꾼의 투지와는 다른 힘을
얻을 수 있겠지, 기대했다.
그 힘으로 내 인생을
상대하고 싶었다.

정유정, 『정유정의 히말라야 환상 방황』(은행나무, 2014)

010

주말 저녁에 부부가 멍하니 『세계테마기행』을 보고 있었던가.

"코로나가 잠잠해지면, 제일 먼저 어딜 가고 싶어?"

남편이 대답하기까지는 1초도 걸리지 않았다.

"히말라야."

"어머, 나랑 똑같네?"

온종일 몸에서 풍기던 시큼한 땀 냄새. 끝도 없이 이어진 돌계단에 널린 나귀 똥. 먹을 만한 음식이라곤 뭉글한 카레뿐. 어둠이 찾아오면 하릴없이 난롯가에 둘러앉아 이방인들과 어울리던 롯지. 누군가 널어놓은 양말 꼬랑내. 좁디좁은 침대와 찬물만 졸졸 나오는 샤워 꼭지. 뭐가 좋아서 거길 또 간단 말인가.

공정 여행을 하려고 일부러 현지 여행사를 추천받았다. 첫 만남부터 뭔가 어색한 조합이었다. 가이드는 가냘픈 네팔 여성이었다. 이번 일이 두 번째라며 초보 티를 흠씬 풍겼다. 인도에 산다는 그의 사촌 여동생은 우리보다 더 관광객 같았다. 두 셰르파 중 한 명은 한국말을 대충 알아들었다. 또 한 명은 배시시 웃기만 하는 왕초짜 청년. 우리 부부까지 총 여섯 명은 어수선하게 히말라야 자락을 올랐다. 숙박할 롯지에 가장 먼저 도착하는 건 늘 체력 좋은 우리 부부였다. 지리에 어두운 가이드가 외려 뒤처졌다. 한국말이 통하는 셰르파와 술친구가 된 남편은 밤마다 네팔 소주를 깠다. 때는 4월, 코앞에는 눈 쌓인 안나푸르나가 보였지만 주위는 온통 푸르렀다. 염소랑 나귀 떼는 사람이 다가가도 본체만체하며 도망가지 않았다. 오로지 걷고, 먹고, 자고, 또 일어나 걷던 그 길. 야외 식탁에 한없이 늘어져 달콤한 찌아(네팔식 밀크티)를 마실 때마다, 여기가 천국이려니 싶었지.

히말라야를 걷다 온 힘과 추억으로, 족히 5년은 개똥 같은 일들이 벌어져도 참아 낼 수 있었다. 지금은 다시 히말라야에 가겠다는 의지를 불태우며, 애써 코로나 블루를 견디는 중이다.

나를 들여다보는 데에는

산책만 한 '책'이 없다.

011

이원흥, 『남의 마음을 흔드는 건 다 카피다』(좋은습관연구소, 2020)

이상하지? 가끔 엄청난 분노가 치밀어 오른다. 이 세상, 꼭 한 사람을 향해서. 그 한 사람이 누군지는 말하지 않아도 알 거다. 뭐가 그토록 파르르 떨 일이냐고? 들어 봐라.

어느 문화 기관에서 서류 심사를 부탁했다. 50건 정도 되는 신청서를 전자 파일로 보냈기에, 하나하나 문서를 열어 봐야 했다. 그런데 압축해서 보낸 파일이 도통 열리지 않았다. 혼자 낑낑대다가, 옆에서 텔레비전을 보고 있던 분에게 도움을 청했다.

이 인간, 얼른 일어나서 봐 주면 얼마나 기특한가. '그것도 못하면서 무슨 문명인이냐?' 하는 투로, 이렇게 저렇게 해 보라고 말만 한다. 갑자기 자존심이 확 상했다. 서랍 안에 얌전히 있는 것도 못 찾아 매번 물어보는 주제에. 직접 해 주지 않는 논리는 가상하다. 물고기를 자꾸 주면 물고기 잡는 법을 까먹는다나? 에잇! 울화통이 터져서, 운동화를 신고 밖으로 뛰쳐나갔다.

씩씩대면서 걷다 보니 슬그머니 화가 가라앉았다. 남편 쓰는 걸 보고, 스마트폰으로 겁 없이 옮겨 탔지. 남들보다 훨씬 앞서서 애플워치를 찼잖아. 얼리 어답터를 곁에 두고 사니, 킨들 같은 패드를 골고루 써 봤고. 맥북을 선물해 줘서 글쓰기도 한결 수월해졌지 뭐야. 혼자 해 보라고 자꾸 독려한 덕분에, 남들보다 뒤처지지 않은 게 맞아. 그래, 인정한다, 인정해!

얼굴을 맞대고 있었다면 활활 타올랐을 분노가 반성 모드로 바뀌었다. 적당히 땀이 나니, 시원한 막걸리 한잔이 당긴다. 한 병 사 들고 가서 김치전이나 해 먹어야지. 들어가서 슬쩍 모니터를 쳐다보니, 이미 압축 파일은 다 풀어 놓고 보기 좋게 종이로 프린트까지 싹 해 놨다. '이런 샤발라! 진작 해 주면 어디 덧나냐?' 기어 나오려는 욕을 꾹 삼키고, 얼른 지글지글 김치전을 부친다. 오늘 산책도 효과 만점!

자기 도시를 능숙하게
자기 영토로 삼을 수 있는 시민들,
자기 도시에서 다른 사람들과
함께 걸어 다니는 데
익숙한 시민들이라야
반란을 도모할 수 있다.

리베카 솔닛, 『걷기의 인문학』(김정아 옮김, 반비, 2017)

불교 재단이 운영하는 중학교에 다녔다. 『반야심경』을 외워야 하는 건 귀찮았지만, 매년 초파일 즈음 열리는 연등 축제만은 기다려졌다. 광화문에서 동대문까지였던가. 각자 만든 자그마한 연꽃 등을 들고 넓은 차도를 행진했다. 길가에 선 사람들이 나만 쳐다보는 것 같아 으쓱했다. 엄숙한 종교 행사였지만, 소녀들은 마음 놓고 거리를 활보하며 축제를 만끽했다.

살다 보니 광장에 모이거나 차도를 행진할 일이 자꾸만 생겼다. 대학 교문 앞에 출동한 백골단을 향해 스크럼을 짜고 나갈 땐, 이러다 죽지 싶었다. 그 뜨거웠던 1987년 6월, 실제로 이한열이 최루탄을 맞고 죽었다. 명동성당 앞, 서울역 광장, 시청 앞에 모였다가 흩어졌다가, 어느새 다시 모인 사람들. 분노했지만 잡힐까 무서웠고, 간절했지만 죽을까 두려웠다.

그런 항쟁이 돌탑처럼 쌓여, 거리에서 최루탄과 물대포가 사라졌다. 자연히 짱돌과 화염병도 자취를 감췄다. 대신 그 자리에 '조용한 함성' 같은 촛불이 들어섰다. 분노가 치밀어 도무지 집에 혼자 있지 못할 때, 사람들은 놀러 나오듯 광장으로 모인다. 유모차를 끌고. 교복 차림으로. 부부가 함께. 아이들을 어깨에 올리고. '장수풍뎅이 연구회' 깃발을 휘날리며.

리베카 솔닛은 『걷기의 인문학』에서 한국 독자들에게 말했다. "민주주의란 종종 일종의 경험입니다. 공적 공간에서 육체적으로 한데 모이는 경험, 눈으로 확인하는 경험, 뒤로 물러서지 않는 경험, 목표에 도달할 때까지 걸어가는 경험입니다. 사람이 사는 세상에서 가장 위대하고 가장 아름다운 힘의 경험입니다."

축제, 행진, 시위, 혁명. 죽을 걱정 없이, 같은 마음을 가진 사람들이 나란히 평화롭게 걸을 수 있는 세상. 그것이 곧 민주주의 아니겠는가.

당신의 아침이

당신의 밤잠을 좌우한다.

이헌정, 『생체시계만 알면 누구나 푹 잘 수 있다』(코리아닷컴, 2021)

013

일요일 아침. 눈을 떴는데, 천장이 팽이처럼 돌았다. 눈 속에 하루살이가 들어가 파닥이는 것 같았다. 어지러워 서 있을 수가 없었다. 구토 증세까지 몰려왔다. 간신히 동네 병원 응급실로 기어갔더니 의사가 심드렁하게 말했다.

"뇌는 괜찮아 보이고, 아무래도 이석증 같은데요."

귓속에 든 작은 뼈가 제자리를 이탈한 거란다. 청천벽력 같은 사건이었다. 마녀체력에게 웬 변고인가. 갑작스레 원인 모를 병에 걸리고 나니 덜컥 겁이 났다. 2주쯤 지속되던 증상은 전문의의 간단한 조치를 받자마자 언제 그랬냐 싶게 사라졌다.

병은 소문을 내라고 했다. 주위에 물어보니 이석증 환자 천지였다. 인간의 몸 중에 제일 약하고 민감한 곳이 귀란다. 심하게 스트레스를 받거나 몸이 힘들 때 재발할 빈도가 높다고 했다. 나처럼 느긋한 사람이 무슨 스트레스를 받는다고……. 아, 그래! 불면증이다. 1년 전부터 갱년기 탓인지 잠드는 게 어려웠다. 자려고 애쓸수록 잠이 더 달아났다. 할 수 없이 책을 읽거나 글을 쓰면, 정신이 오히려 또렷해졌다. 수면제를 먹지 않고 견뎌 보려다, 이틀 밤 내리 뜬눈으로 지새우는 날이 많았다. 운동이고 뭐고, 불면증 먼저 해결하는 게 시급했다.

그때 우연히 읽은 책이 『생체시계만 알면 누구나 푹 잘 수 있다』다. 제목만큼이나 처방이 쉽고 간단했다. 일주기 생체 리듬을 회복하는 게 중요하단다. 가장 효과적인 방법은 아침 햇빛을 충분히 쬐라는 거다. 즉 '아침'에 야외로 나가 한 시간 정도 '산책'을 하면 된다. 당장 다음 날부터 환해지기 시작하면 무조건 밖에 나가 천천히 걸었다. 일부러 해바라기처럼 햇빛을 향해 고개를 들었다. 일이 많은 날도 어떻게든 산책을 하려고 시간을 만들었다. 그렇게 해서 진짜 불면증을 고쳤냐고요? 궁금하시죠? 밤에 잠 못 이루는 분은 당장 내일 아침부터 실험해 보시라.

숲에는 돌이나 나무뿌리가 있어서
어두울 때는 발밑보다는 조금 더
멀리 보면서 가야 해.

마스다 미리, 『주말엔 숲으로』(박정임 옮김, 이봄, 2012)

014

뒤늦게 일본 만화에 흠뻑 빠졌다. 그것도 1969년생 여성이 그린, 술에 물 탄 듯 밋밋한 만화에. 마스다 미리 말이다. 『결혼하지 않아도 괜찮을까?』를 처음 봤을 때부터 알아봤다. 심심한 그림체와 평범한 감성이 한국 여성들 가슴을 두드렸다. 단순한 선 몇 개로 온갖 것을 다 표현하는 그림. 짧은데도 긴 여운이 남는 대사. '어쩜 내 맘이랑 똑같네' 싶게 공감을 자아내는 상황 묘사. 그것이 마스다 미리의 만화가 지닌 장점이다.

싱글인 수짱의 연애나 직장 에피소드는 나의 과거와 비슷하다. 치에코 씨와 사쿠짱의 부부 생활은 현재와 겹친다. 평균 연령 60세 사와무라 씨 댁의 일상은 15년 후 우리 집에서 벌어질 미래 같다. 싱글과 유부녀, 중년과 할머니, 모든 연령대의 일상을 넘나드는 관찰력이라니! 게다가 눈썹 표정 하나로, 입 모양 하나로 희로애락의 심경을 나타내는 필치에 절로 감탄이 솟는다.

모든 시리즈가 다 좋지만, 제일 좋아하는 한 권을 꼽으라면? 주저 없이 『주말엔 숲으로』를 집어 들겠다. 시골로 집을 옮긴 프리랜서 번역가 하야카와, 14년째 경리부에서 일하는 마유미, 여행사에서 고객을 상대하는 세스코. 30대 여성인 세 친구의 일상과 휴식이 숲과 시골 생활을 배경으로 펼쳐진다. 주말이면 둘이, 혹은 셋이 모여 자연에서 받은 에너지로 도시의 스트레스를 해소해 나간다. 서로 의지하고, 배려하는 담담한 우정이 예쁘다.

앞이 보이지 않을 땐 멀리 내다보지 못한다. 당장의 어둠에 휩싸여 막막하고 휘청거릴 뿐이다. 빛 하나 없는 절망에 빠졌다 해도, 조금 멀리 보면서 더듬어 걷다 보면, 누가 알겠는가. 먼 데서 작은 희망의 반딧불이가 깜박거릴지. 주말마다 숲속을 거닐고 호수에서 카약을 타며 얻는 인생의 지혜들이 놀랍다. 마스다 미리는 마음을 울컥하게 만드는 은유가 뭔지 안다. 알고말고.

문명이 계단을 없앨 수 없다면
계단을 오르는 바퀴를
만들면 되잖아요.

천선란, 『천 개의 파랑』(허블, 2020)

동네 자그마한 뒷산에서 공사를 시작하더니, 둘레길이 만들어졌다. 나무 널빤지를 깔아 완만한 경사로를 쭉 이어 놨다. 이 둘레길을 두고, 산을 자주 찾는 분들 사이에 말들이 많았다. 예전 흙으로 된 계단길이 자연스러워 좋았다는 거다. 내 의견도 비슷했다. 간신히 흙을 밟을 수 있는 곳인데, 왜 쓸데없이 인공 둘레길을 만드느라 국가 예산을 낭비하나. 자연의 모습을 해치면서까지.

아아! 생각이 짧았다. 아니, 이기적이었다. 가파른 계단길이라면, 그 길을 오를 수 있는 사람이 제한된다. 무릎이 아픈 노인, 부모가 등에 업기는 무거운 서너 살짜리 아가, 목발을 짚거나 휠체어를 탄 장애인은 오르기 어렵다. 용기를 내서 올라갈 수는 있겠지만, 몹시 힘들 것이다. 새로 만든 둘레길로 천천히 올라가면 크게 힘들이지 않고 정상까지 도착한다. 다른 사람들처럼 울창한 나무와 꽃을 음미할 수 있다.

어린이, 여성, 환자, 장애인, 노인, 동물. 우리 사회의 대표적인 약자들이다. 왜 우리는 그들 편에 서서 보호하고, 양보하고, 배려해야 하는가. 약자들이 별 불편 없이 잘 사는 곳이야말로 모두에게 최고의 세상이기 때문이다. 스스로 원해서 약자가 된 사람은 아무도 없다. 또한 누구나 뜻하지 않은 사고로, 하루아침에 약자가 될 수 있다. 어느 누구도 외롭고 힘들지 않도록 우리, 같이 걷고 같이 살자.

천선란이 쓴 『천 개의 파랑』은 '한국과학문학상' 대상을 받은 소설이다. 휠체어를 탄 언니에게 "가고자 한다면 어디든 갈 수 있는 자유"를 선사하고 싶은 마음이 '소프트휠-체어'로 탄생했다. 아직까지 계단을 오르는 바퀴는 요원한 현실이지만, 계단은 얼마든지 없앨 수 있다.

어른은 빨리 할 수 있고,
어린이는 시간이 걸리는 것만
달라요.

김소영, 『어린이라는 세계』(사계절, 2020)

지금껏 살면서 마냥 좋았던 순간을 꼽으라면? 두 번 생각할 것도 없다. 서너 살쯤 된 아들 손을 잡고 공원을 걷던 때다. 조막만 한 양손을 남편과 내가 한쪽씩 나눠 잡았다. 하나, 둘, 셋! 호흡을 맞춰 꼭 잡은 손을 들어 올리면, 아이의 작은 몸이 잠시 공중 부양을 했다. 숨넘어갈 듯 까르르 웃는 소리가 하늘로 흩어졌다. 그게 좋아서, 일요일만 되면 세 식구가 집 근처 어린이대공원을 찾았다.

그 시간은 터무니없이 짧았다. 겨우 1년 정도 흘렀을 뿐인데, 아들 녀석은 몸이 커졌고 호기심이 늘었다. 더 이상 부모 사이에 얌전히 있지 않았다. 안전한 점프보다, 혼자 뛰어내리는 걸 더 좋아했다. 손을 잡고 번쩍 들기에, 아이 무게도 내게 버거워졌다. 시간이 걸리긴 했지만, 제 손으로 뭐든지 만져 보고 직접 해 내기 시작했다. 그러는 사이 콩 나무 자라듯, 머리통이 훌쩍 엄마 키를 넘어섰다.

아이의 따스한 손을 잡고 나란히 걷는 행복은 금세 끝난다. 그럴 줄 알았으면 부지런히 시간을 내고, 지치도록 누렸어야 했는데. 아들내미라 그런가, 안아 보거나 손잡을 일은 길 가다 지폐 줍는 행운만큼이나 드물어졌다. 그래도 슬며시 희망을 품어 본다. 10년쯤 흐르면, 나이 들어 느릿느릿해진 엄마를 애틋하게 바라봐 주겠지. 시간이 걸려도 기다려 주겠지. 10년쯤 더 세월이 가면, 백발이 된 내 손을 꼭 쥐고 다시 산책할 날도 오겠지.

죽음에 이르는 과정은

함께 길을 걷다

헤어지는 것과 같다.

셸리 티스데일, 『인생의 마지막 순간에서』(박미경 옮김, 비잉, 2019)

남편한테서 전화가 왔다. 시댁 근처에 있는 병원에 가 있단다. 시아버지께서 또 편찮으신가 보구나. 4년 전에 폐암 수술을 받으시고 몇 번 반복되던 일이라, 차분한 마음으로 차를 몰고 갔다. 그런데 이게 웬일인가. 이미 돌아가셨다는 거다. 왜 전화로 얘기하지 않았냐고 했더니, 놀라서 운전을 하지 못할까 봐 그랬단다. 한 주 전에 온 식구가 모여서 시끌벅적 밥을 먹었다. 상 한쪽에 무릎을 모으고 힘없이 앉아 계시던 모습이 마지막이었다니.

생과 사의 갈림길이 우리 앞에 이토록 급작스럽게 찾아올지 몰랐다. 하긴 알았다고 해도, 별수는 없었으리라. 망자는 뒤를 돌아보지 않고 걸어간다. 남은 사람들은 그저 손을 흔들 뿐이다. 그럼 어떻게 헤어지는 것이 '좋은 죽음'일까. 서서히 죽어가는 게 나을까? 스스로도 알아채지 못할 만큼, 순식간에 눈을 감으면 덜 무서울까? 울며불며 슬퍼하는 가족에게 둘러싸인 마지막이 행복한 걸까? 아무도 모르게 고요한 길을 혼자 가는 건 불행한 죽음인가?

수술 후 1년간, 아버지는 예전 건강을 회복하신 듯했다. 시골집에서 어머니와 평화로운 일상을 보내셨다. 그러다 안타깝게도 폐렴을 심하게 앓은 후, 기골 장대하던 몸집이 몰라보게 야위어 갔다. 가끔 응급실 신세를 지셨지만, 그럴 때마다 자식들이 번갈아 가며 아버지를 돌봤다. 그날도 평소처럼 점심을 먹고 간식으로 요구르트를 마신 후, 낮잠을 주무셨다. 어머니가 잠시 밭일을 하시는 동안, 떠나셨다. 갑작스럽게, 홀로, 조용히 걸어가셨다.

황망했지만, 어머니도 많이 울지 않으셨다고 한다. 우리는 제사 때마다 모여 '좋은 죽음'이었다고 회상한다. 마지막 순간까지 평범한 하루를 살다 가셨으니까. 그렇지요, 아버지?

반복적으로 하는 동작은
몸에 점점 깊숙이 배게 되고,
결국에는 그것이
바른 자세든 아니든 간에
곧 자신의 모습이 된다.
일종의 습관이 형성되는 것이다.

도미니크 로로, 『심플하게 산다』(김성희 옮김, 바다출판사, 2012)

"왜 그런 자세로 밥을 먹어?"

"응? 뭐가 어때서?"

"꼭 사극에 나오는 주모처럼 앉아서 먹잖아."

상을 펴놓고 바닥에 앉아서 먹을 때, 한쪽 무릎을 세우곤 했다. 익숙해지니 편했다. 근데 지금은 식탁 의자 위가 아닌가. 나도 모르게 의자에 앉아서도 여전히 같은 자세를 취하고 있었다. 그 모습은 정말이지, 쪼그라든 오이처럼 추레해 보였을 거다. 남이 보기엔 이상한데도 스스로는 미처 몰랐다. 이래서 같이 사는 사람이 필요한가 보다.

밥 먹는 자세라든가 식탁 위의 습관은 특히 숨기기 어렵다. 나에 관한 많은 정보를 드러낸다. 매일 삼시 세끼 반복하는 행위라, 알게 모르게 몸에 깊숙이 배었기 때문이다.

그때부터 의식적으로 등을 곧추세웠다. 바닥에서도 꼭 양반다리로 앉아 먹었다. 자세가 바뀌니, 마음마저 대갓집 안방마님이 된 것 같았다. 지금은 오히려 무릎을 세우고 앉는 게 어렵다. 어떻게 그런 자세로 오랫동안 밥을 먹었을까 신기할 정도다.

걷는 자세도 마찬가지다. 인간이 살면서 제일 많이 하는 행동이 걷는 것 아닌가. 발을 질질 끌지는 않는지, 고개가 한쪽으로 비뚤어지지는 않았는지 살펴야 한다. 걷는 모습이야말로 본인은 알 수 없으니, 남에게 봐 달라고 할 필요가 있다.

등이 구부정하거나 한쪽 어깨가 처진 것도 모르고, 백날 열심히 걸어 봤자 몸에 좋을 리 없다. 걸을 때마다 의식적으로 배에 힘을 주고, 시선을 똑바로 두고, 직선으로 걸어야 한다. 그래야 바르게 걷는 자세가 좋은 습관으로 자리 잡는다.

걸음걸이는 기도문에 맞추고,

진언을 외는 동안

일고여덟 걸음을 떼는 거지.

소원을 빌 거면

스님이 알려준 대로

마음에 새기며 걸어.

영화 『영혼의 순례길』(장양 감독, 2015)

DNF. 남편에게서 문자가 날아왔다. 'Do Not Finish'의 약자로, 경기를 완주하지 못했다는 슬픈 소식이었다. 출전한 대회는 이름마저 오싹한 '울트라' 마라톤이었다. 서에서 동으로 국토를 횡단하며 무려 300킬로미터를 달린다. 처음이자 마지막이 될 2박 3일간의 '미친 도전'이었다.

그런데 맙소사! 고작 1킬로미터를 남겨 두었단다. 아니, 299킬로미터를 달렸는데, 목표를 코앞에 둔 채 그만뒀다고? 못 뛰겠으면 걷고, 걷지 못하면 기어서라도 가야지! 남편이라고 왜 그런 생각을 안 했겠는가. 택시를 잡아타고라도 골인하고 싶은 맘이 간절했단다. 거기서 멈춰야 하는 당사자 마음은 오죽했을까.

자기와의 싸움은 포기할 수 있다. 그런데 신과의 약속이라면 어떨까. 어느 종교든 성지를 찾아가는 순례길은 멀고도 험난하다. 고통을 느낄수록 신을 경외하는 마음이 커지나 보다. 그런 의미로 세상에서 가장 가혹한 걷기는 '오체투지'일 것이다.

『영혼의 순례길』은 종교의 힘이 아니면 도무지 설명할 수 없는 인간의 행동을 담은 영화다. 티베트 망캉에서 라싸까지 1,200킬로미터를 걸어가면서, 거대한 트럭이 옆에서 쌩쌩 달리는 공포를 참는다. 살을 에는 눈보라를 뚫으며, 온몸으로 파고드는 아픔을 견딘다. 나라면 온갖 부귀영화를 다 준다 유혹해도, 500미터를 못 갈 것 같다. 근데 참 이상하지. 나이 든 노인은 끝내 수명을 다했지만, 어린아이와 임산부, 하다못해 갓 태어난 아기까지 그 엄청난 순례길을 무사히 마쳤다. 어느 한 사람도 힘들다고 울부짖거나, 못하겠다고 포기하지 않았다. 신이 보살펴 주었겠지만, '오체투지'를 하면서 절로 온몸 운동이 된 건 아닐까.

순례길은 내 안위보다 타인을 위한 기도가 우선이란다. 신의 가호가 아니라, 서로를 위해 빌어 주는 그 마음이 고통을 이기는 힘일지도 모르겠다.

풀밭에 앉아 코로 바람을 마시며,

빵과 치즈 한 조각을 먹는 것.

걷는 일이야말로 이런 것들을

하기에 더없이 적합하지 않은가?

베르나르 올리비에, 『나는 걷는다 1』(임수현 옮김, 효형출판, 2003)

020

간밤엔 풀밭 위에 친 텐트에서 잤다. 침대 생활을 하던 몸이니, 아침에 일어나면 온몸이 뻐근할 것 같은가? 그렇지 않다. 산의 공기와 땅의 정기를 받아서일까, 훨씬 개운하다.

여기기 이디나고? 노르웨이의 유명한 트레킹 코스 중 하나인 '프레이케스톨렌' 근처 캠핑장이다. 거대한 수직 암벽인데, 다 오르고 보면 위는 불도저로 고른 마당 같다. 궁금하신 분은 『미션 임파서블 : 폴아웃』에 등장하니 찾아 보실 것.

폴란드에서 비행기를 한 번 갈아타고, 착륙해서는 렌트카로 수백 킬로미터를 달려왔다. 부부 네 쌍을 포함한 열한 명. 오래전부터 여행 자금을 함께 모은 막역한 친구들이다. 이미 1년 전에 몽블랑 트레킹을 같이 하면서 호흡을 맞췄다. 그 경험을 발판 삼아 이번에도 여행사와 가이드 없이, 초행길을 잘도 쏘다닌다.

목적지까지 가려면 종일 걸어야 했다. 문제는 중간에 밥 사 먹을 데가 없다는 것. 전날 마트에서 사 둔 재료를 돗자리 위에 쫙 펼쳐 놓고, 무려 샌드위치 스물두 개를 가내 수공업자들처럼 척척 만든다. 하나는 아침으로 먹고, 하나는 각자 배낭에 쌌다.

마침내 깎아지른 듯한 절벽 위에 앉았다. 피할 데 없는 태양빛이 정수리에 쏟아졌다. 시퍼런 피오르드를 내려다보면서 뭉개진 빵과 치즈를 꼭꼭 씹었다. 목구멍까지 차오른 허기와 피로가 단숨에 사라졌다. 다들 한입 가득 우물거리면서 느꼈을 테다. 이보다 더 좋을 순 없다고.

은퇴한 예순한 살의 프랑스인이 터키의 이스탄불에서 중국 시안까지 걸어간 1,099일의 기록 『나는 걷는다』. 15킬로그램 배낭을 메고 1만 2천 킬로미터를 걸었다니(다행히도 4년에 걸쳐) 도무지 상상이 가질 않는다. 그래도 걷다 말고, 바닥에 주저앉아 먹는 빵과 치즈가 얼마나 맛있는지는 안다. 더구나 친구들과 함께라면, 그런 꿀맛이 없다.

내가 누구냐면 말이다,
가만히 두면 자꾸만 아래로만
내려가려는 존재다.
언덕 오르기는 내게 주어진
이 숙명을 거슬러
나를 조금 위쪽으로
옮겨 놓는 일이다.
정말 인간이 할 수 있는,
가장 멋진 일이 아닐 수 없다.

김연수, 『지지 않는다는 말』(마음의숲, 2018)

누가 뭐래도 나는 '평지주의자'였다. 엥? 평화주의자도 아니고 평지주의자는 뭔고? 고행하듯이 언덕을 올라갈 필요가 없다고 여기는 사람 말이다. 쭉 뻗은 평지를 놔두고 (미치지 않고서야) 왜, 굳이, 언덕을 택해 올라가는가. 그런데 부산에서 서울까지 자전거를 타고 국토 종주를 해 본 뒤로 맘을 바꿔 먹었다. 대한민국 땅 자체가 오르막과 내리막의 무한 반복이었다. 자동차 없이 내 몸으로 활개 치고 다니려면, 크고 작은 언덕을 피할 도리가 없었다.

언젠가부터 언덕이든 고개든, 일부러 오르는 사람으로 변신했다. 오르내림 없는 평지를 오랫동안 달리거나 걷는 게 지루해졌기 때문이다. 터질 것 같은 심장을 부여잡고, 숨넘어갈 듯 거친 호흡을 쉭쉭대며, 기어서라도 정상까지 오르는 성취감을 즐겼다. 게다가 시원한 바람과 함께 반드시 내리막길로 보답해 주니 얼마나 짜릿한가. 백날 평지만 걸을 땐 전혀 생기지 않는 근육과 근성을 선사하기도 한다. 나도 모르는 사이, 점점 체력이 강해진다는 의미다.

신은, 인간이 딱 감수할 만큼만 고난을 준다고 했던가. 신들을 속인 죄로 산꼭대기까지 바위를 굴리며 올라가야 했던 시시포스. 간신히 올린 그 돌덩어리가 다시 굴러 떨어진다니 얼마나 가혹한가. 헛되거나 피할 수 없는 영원한 노동을 상징하는 이미지로 쓰일 만하다.

그러나 벌이 반복되는 만큼, 시시포스의 몸과 마음도 단단해졌을 것이다. 주어진 숙명을 거슬러 자꾸 오르다 보면 강해지는 인간. 이제는 알 것 같다. 그거야말로 시시포스를 통해 그리스 신화가 후손에게 남기고 싶었던 교훈 아닐까. 언덕 하나 오르면서 너무 심오해졌나? 아이고, 죽겠다. 헥헥!

빌은 무언가에 몰두하면
여기저기 왔다 갔다 해요.
머릿속을 정리하는 데
도움이 되나 봐요.

멜린다 게이츠
다큐멘터리 『인사이드 빌 게이츠』(데이비스 구겐하임 감독, 2019)

022

한창때의 빌 게이츠에겐 별 관심이 없었다. 나와는 머나먼 대척점에 있는 잘난 사람이었으니까. 65세가 된 그라면 어떨까. CEO에서 물러난 지 오래, 천하의 부자라도 몸과 뇌가 늙어갈 나이다

『인사이드 빌 게이츠』를 보면서 어느 정도 궁금증이 풀렸다. 외모의 노화는 피해갈 수 없었다. 몸에 살이 붙고, 탈모가 시작되고, 얼굴엔 주름살이 가득했다. 안경다리를 쪽쪽 빨아대는 모습은 옆집 할아버지처럼 천진했다.

하지만 행동은 젊은 시절과 별로 다르지 않았다. 테니스를 치며 몸을 관리하고, 다윈처럼 긴 산책을 즐긴다. 매일 정확한 시간에 일어나고, 에코 백에 늘 책 5~6권을 담는다. 출장길에는 평균 15권을 읽는단다. 대단한 독서가답게 책의 주제 또한 깊고 다양하다. 호숫가 자그마한 서재에서 혼자 일주일 동안 책을 읽으며 '생각 주간'을 갖는 루틴은 여전했다. 나이가 들었어도 체력과 호기심, 배움의 열정이 줄지 않았다는 뜻이다.

어느 기자가 말했다. "세상이 빌 게이츠를 기억할 진짜 이유는 '윈도'가 아니"라고. 그는 서재 안을 부지런히 걸어 다니며 뇌를 굴린다. 시간을 쪼개어 기술자를 만나고, 세계를 오가며 투자자를 모은다. 다만 돈을 벌기보다, 벌어 놓은 돈을 물 쓰듯 투자한다. 아프리카에서 설사병으로 죽는 아이들을 어떻게 살릴까? 지구 온난화를 줄이는 새로운 에너지는 무엇인가?

내 눈엔 젊고 패기 넘치던 모습보다 나이 든 지금이 훨씬 대단해 보인다. 퇴화의 길이 아닌 성숙의 삶을 실천하고 있기 때문이다. 가진 자가 세상에 뿌리는 선한 영향력만큼 강력한 것도 없다. 아내 멀린다 게이츠와 카누를 타고 노를 젓는 장면이 멋졌다. '사생활마저 완벽하구나' 싶었는데, 느닷없이 이혼 소식이 들려왔다. 부부로서 영감은 주고받지 못해도, 비즈니스 파트너로서 함께해 온 공익 프로젝트는 계속 이어가야 할 텐데.

목적지는 저 먼 어딘가가 아니다.
그곳에 이르는 한 걸음 한 걸음이
목적지다.

박노해, 『걷는 독서』(느린걸음, 2021)

023

『마녀체력』을 읽고 나서 철인3종에 도전해 보고 싶다는 독자들이 생겼다. (이미 철인3종 동호인으로 활약하는 여성도 몇 분 있다.) 대회에도 출전하는 선수가 되려면 어떻게 해야 하는지, 저자인 내게 조언을 구하기도 한다. (이미 책에 다 써 놨지만) 나라고 무슨 뾰족한 비법이 있었겠는가. 일단 수영부터 등록하고, 시간 날 때마다 뛰고, 사이클 타는 데 익숙해지라고 말해 주는 수밖에.

내게도 철인3종은 거창하고 도저히 도달하지 못할 종착지였다. 처음부터 그걸 염두에 두고 훈련했더라면 보나마나 일찌감치 나자빠졌을 거다. 그저 출근하기 전에 '운동 삼아' 수영을 한 시간씩 했다. 일주일에 두 번, 동호회 사람들과 만나 '즐겁게' 달리는 연습을 했다. 주말에는 제법 멀리까지 사이클을 타고 '놀러' 나갔다. 몇 년 동안 그런 시간과 경험이 계속해서 쌓였다. 그러다 보니 순리대로 어느 날 선수가 되고 만 거다.

하나하나 점이 모여 선이 되는 법이다. 그러니 허투루 점을 찍으면 되겠는가. 한 걸음씩 꾸준히 걷다 보면, 언제고 원하는 목적지에 다다를 것이다. 가는 길이 맞는지, 가끔 고개 들어 표지판을 살피면 된다. 삶도 마찬가지 아닐까. 멀리 있는 미래를 막연히 좇기보다는, 오늘 하루를 충실히 사는 게 우선이다. 한 평짜리 독방에 갇힌 박노해 시인을 살린 건 혁명의 꿈이 아니었다. 매일 반복한 '걷는 독서'였다.

산은 눈으로, 추억으로, 상상으로
오르는 것이 아니라
지금 이 순간 심장으로, 가슴으로,
두 다리로 올라야 한다고.

024

장보영, 『아무튼, 산』(코난북스, 2020)

우린 2019년 2월에 만난 적이 있다. 그이는 『마녀체력』 작가를 인터뷰하러 온 기자였다. 한눈에 나는 알아보았다. 까무잡잡한 피부, 생기 넘치는 눈, 크고 당당한 목소리. 아, 분명히 운동하는 사람이구나. 그동안 만난 기자들과는 전혀 다른 부류였다. 출판사를 다니며 산을 타기 시작했다니, 나랑 비슷한 족속이려나. 그때는 주로 내 얘기만 하느라 잘 몰랐다. 『아무튼, 산』을 읽어 보니, 깨갱, 비슷하긴커녕 차원이 다른 산악인이다. 정말 산을 좋아하는 사람.

주말 산행을 하려고 금요일이면 커다란 배낭을 메고 출근했단다. 하핫! 그 세계에서 얼마나 별종 취급을 받았을지, 짐작이 가고도 남는다. 운명처럼 『사람과 산』 잡지에 입사했다. "두 다리로 땀 흘려 오른 산을 생생하게 기록하고 표현하는 사람"으로 6년이나 살았다. 그야말로 일과 삶과 취미가 하나로 합쳐진 '성덕의 시간'을 보낸 것이다. 더 나아가 정상까지 오르내리는 데서 그치지 않고, 산길을 바람처럼 달렸다.

가끔 사람들이 나더러 미쳤다고 한다. 철인3종 같은 힘든 운동을 왜 하냐고. 그런 나도 트레일런을 하는 남편을 뜯어말리곤 했다. '불수사도북(불암산, 수락산, 사패산, 도봉산, 북한산)' 트레일런 대회에 나가 12시간 안에 산 다섯 개를 오르내린다니, 그게 정상인가? 미치지 않고서야 걷기도 힘든 산을 왜 뛰어다녀?

뭐, 그렇게 생겨 먹은 사람도 있는 것이다. 힘들어서 좋고, 쉽지 않아서 좋고. "할 수 없는 세상에서 할 수 있는 삶"을 온몸으로 누리고, 보여 주는 거다.

아, 책을 읽다 보니 허벅지가 근질거려 안 되겠다. 얼른 동네 앞산이라도 올라갔다 와야지.

우리는 돌멩이를 신발로 툭툭 차듯,
실없는 얘기들을 툭툭 내던지며
두어 시간을 걸었다.

김소연, 『시옷의 세계』(마음산책, 2012)

신혼살림을 불광동에 차렸다. 나나 남편이나 태어나서 한 번도 가 보지 않은 동네였다. 다만 둘 다 회사가 지하철 3호선 역 근처였다. 출퇴근하기에 편하면서 전셋값이 저렴한 동네를 고른 거였다. 집주인 내외는 1층에서 쌀집을 하며 동장 업무를 병행하는 마당발이었다. 세상 물정 모르는 순진한 신혼부부를 신기하고 애틋하게 돌봐 주었다. 아주머니는 때로 일없이 들러, 우리와 같이 담요에 발을 집어넣고 텔레비전을 보기도 했다.

저녁을 먹고 나면 동네를 산책하러 나갔다. 소화도 시킬 겸, 낯선 동네라 주위에 뭐가 있는지 살필 겸, 골목골목을 누비고 다녔다. 걱정거리 하나 없이, 마냥 행복했던 시간이다. 회사 일 같은 진지한 얘기를 나눴고, 상사 흉을 보면서 낄낄대기도 했다. 아이스 바를 하나씩 빨면서 실없는 농담을 주고받았다. 아무 말 없이, 그저 한가롭게 걷기만 해도 편안했다.

쌀집 맞은편은 온갖 것을 다 파는 가게였다. 종종 거기서 과일을 사다 먹었다. 그러다 멀지 않은 곳에 전통 시장이 있다는 것을 알았다. 가난한 신혼부부는 거기까지 산책을 나갔다가, 가격이 싸고 싱싱한 과일을 몰래 사다 먹곤 했다. 다른 건 가방에 넣어오면 됐지만, 수박이 문제였다. 할 수 없이 내가 먼저 가서 서성이며, 가게 주인이 밖에 나와 있는지 슬쩍 망을 보기도 했다. 내 돈을 쓰면서도 눈치가 보여 007 작전을 쓸 만큼, 둘 다 낯짝이 두껍지 못했다.

임신을 하는 바람에, 1년 만에 그 집에서 나와 시댁 옆으로 옮겼다. 사는 게 바빠서 다시는 그 동네에 가 보지 못했다. 그래도 '불광동' 소리만 들으면, 어슬렁대며 걸어 다녔던 신혼 때가 떠오른다. 마음이 순수한 분홍빛으로 물든다.

내비게이션에서는 또다시 경로를
이탈했다는 안내음이 울렸다.
그것은 마치 내 인생에 대한
엄마의 언질처럼 들리기도 했다.

김유담, 『이완의 자세』(창비, 2021)

026

일찌감치 운전면허를 땄다. 쓸 데가 없어서 10년쯤 장롱에 고이 모셔 뒀다. 아이가 걷기 시작할 즈음에야 고물 자동차를 사서 끌고 다녔다. 천하의 길치가 운전대를 잡았으니 얼마나 떨렸겠는가. 면허가 없던 남편은 옆자리에 앉아 입으로만 떠들었는데, 어디다 정신을 파는지 툭하면 경로를 놓쳤다. 차만 타면 싸울 수밖에. 목적지에 도착하기도 전에 화가 나서 집으로 되돌아온 적도 있다.

내비게이션이란 현대 문물을 장착한 뒤로는 싸울 거리가 사라졌다. 여전히 길치에다 지도를 못 보지만, 겁날 게 없다. 그까짓 경로 이탈쯤 하면 어떤가. 좀 돌아가면 되지. 유턴하면 되지. 혼자서 차를 타고 어디든 갈 수 있는 용기가 생겼다.

게다가 어느 머리 좋은 개발자가 '길 찾기' 앱을 만든 것일까. (축복 받으시라!) 차 없이 길을 나서도 전혀 불편하지 않다. 체력을 장착한 베테랑 뚜벅이가 되어서, 사방팔방 홍길동처럼 돌아다니는 게 가능해졌다. 『마녀체력』을 내고 지방 구석구석 조그만 책방을 찾아다니며 강의를 한 것도 그 덕분이다.

소설 『이완의 자세』는 남자들이 그토록 궁금해한다는 '여탕' 속 풍경을 담았다. 잘나가던 피부 관리실 원장에서 때밀이로 전락한 엄마. 어릴 때부터 해 온 고전무용을 포기한 유라. 어깨 부상으로 더 이상 야구를 하지 못하는 만수. 경로를 이탈해, 가려던 목적지에서 멀어진 인생들이 어디 이들뿐일까. 그렇다고 실패한 건 아니다. 이때야말로 재탐색을 하거나, 목적지를 수정하는 '이완의 자세'가 필요하다.

언젠가 '영주' 부석사를 가려고 남편과 길을 나섰다. 내비게이션만 믿고 달렸는데, 도착한 곳은 엉뚱하게도 '서산' 부석사였다. 화가 나기보다 웃겨서 혼났다. 무량수전 배흘림기둥은 보지 못했지만, 대신 바위에 새겨진 마애석불을 봤다. 그것도 좋았다.

나는 일 년에 거의 320일은
스니커즈를 신고 지내고,
가끔 구두를 신거나 하면
어쩐지 신분을 사칭하는 듯한
느낌이 들어
아무래도 마음이 편하지 않다.

무라카미 하루키, 『이윽고, 슬픈 외국어』(김진욱 옮김, 문학사상사, 2013)

027

대학을 졸업하고 갓 입사한 곳은 잡지사였다. 마감 후 모처럼 짧은 치마에 구두를 신고 또각또각 출근했다. 하필이면 그날 외근을 가야 할 줄이야! 한양대학교 도서관에 있는 자료를 복사해 오라는 기다. 인터넷이 되지 않던 시절이니 사람이 갈 수밖에.

혹시 한양대에 가 보셨는지? 아마도 서울에서 가장 고지대에 자리한 대학이 아닐까? 굽 높은 구두를 신고 어기적거리며 언덕을 올라가다 보니 뒤꿈치에 물집이 잡혔다. 내려오는 길엔 쓰라려서 걷지 못하고, 결국 계단에 주저앉았다. 엉엉.

그날 이후 결심했다. 다시는 힐 같은 걸 신나 봐라. 어쩌다 결혼식에 가거나 꼭 정장을 입어야 할 때를 빼고는 구두와 멀어졌다. 그나마 한두 개 있는 것도 낮고 펑퍼짐한 통굽뿐이다.

그럼 평소에 뭘 신고 다니느냐고? 신발장을 열어 보면 한여름용 샌들, 한겨울용 부츠 외에 나머지는 죄다 운동화다. 남들이 구두 매장에서 침을 흘릴 동안, 내 관심은 마라톤용 러닝화나 워킹화에 쏟아진다. 요즘에는 다들 발이 커져서, 내 작은 발에 딱 맞는 치수를 구하는 게 어려워졌다. 구하라, 그러면 얻을 것이다! 이참에 아동용 운동화를 신어 보니 가볍고 가격마저 싸서, 마치 알밴 생선을 고른 기분이다.

몸을 많이 움직이거나 걷기 좋아하는 사람은 구두를 신기 어렵다. 남편 또한 정장에 운동화 차림으로 출근한 지 오래됐다. 발이 편해야 걸을 마음이 생긴다. 언제든, 어디서든 시간 날 때마다 '걷기 모드'로 진입하려면 편한 운동화를 신어야 한다.

그나저나 티셔츠에 스니커즈를 즐겨 신는 70대 하루키라니, 얼마나 귀엽고 신박한가. 그런 하루키가 나처럼 러너에 트라이애슬릿이란 건, 다들 아시죠?

느릿느릿 갈수록
더욱 빨리 갈 수 있으며,
서두르면 서두를수록
더욱 천천히 갈 뿐이라는 것은
하얀색 구역의 비밀이었다.

미하엘 엔데, 『모모』(한미희 옮김, 비룡소, 1999)

트라이애슬론을 하면서, 『마녀체력』을 써낼 만큼 많은 지혜를 배웠다. 요즘 하는 배드민턴 역시 빠져들수록 오묘한 운동이다. 우선 매일 부단히 연습해야 한다. 그래도 실력이 잘 늘지 않다가 어느 순간 계단 오르듯 훌쩍 향상된다. 상대방의 의중을 파악해야 하기에 도박과 비슷한 면이 없지 않다. 실수에 연연하면 지기 쉬워서, 마인드 컨트롤에 강해야 한다. 혼자만 잘해서는 이길 수 없다. 파트너와의 호흡과, 서로 자리 잡는 것이 중요하다.

실내 체육관에서 레슨을 받기 시작했다. 정해진 스텝으로 왔다 갔다 하면서 정확한 타점을 잡아 라켓을 휘둘러야 셔틀콕이 멀리 날아간다. 강하게 때리기만 한다고 장땡이 아니다. 때로는 네트 너머로 콕을 슬쩍 떨어뜨려 상대방을 속여야 한다. 그런 기술이 몸에 완전히 익을 만큼 무한 반복을 하는 과정이 레슨이다.

어느 정도 동작을 배운 뒤에는 얼른 코트로 진출해 게임을 하고 싶었다. 코치가 고개를 저으며 말렸다. 지루하고 힘들어도 기본기 먼저 충실히 닦아야 한다는 거다. 처음엔 느리게 가는 것 같아도, 그 과정을 거쳐야 더 빨리 실력이 좋아진다고 했다.

5년쯤 해 보니까 그 말이 이해된다. 아니, 되짚어 보면 우리가 이미 알고 있는 인생의 지혜 아닌가. 빨리 하겠다고 서두르다가 오히려 망치는 일이 훨씬 많다. 느리지만 착실하게 준비한 사람이 문득 저만치 앞서가는 경우를 종종 목격한다.

사람들의 시간을 훔치는 회색 신사들, 거기에 맞서 싸우는 소녀 모모. '시간을 아낄수록 가진 것이 줄어드는' 현대 문명의 허점을 담은 『모모』가 어릴 땐 잘 이해되지 않았다. 두 번이나 읽은 보람이 있네. 시간이 많은 어른으로 살면서, 하고 싶은 일에다 충실히 쓰고 있으니! 허덕이거나 욕심내지 않고, 느릴수록 빠른 거라는 지혜를 체득하고 있으니!

어디로 가야 하는지
그리고 그 끝이 어딘지
알 수 없지만,
그러나 나는 걷는다.
그렇다, 나는 걸어야만 한다.

알베르토 자코메티(조각가)

동네에 자그마한 태국 식당이 문을 열었다. 유동 인구가 많지 않은 길목이었다. 그 앞을 지나갈 때마다 안을 슬쩍 들여다봤다. 아니나 다를까 주인이자 셰프처럼 보이는 젊은 남자가 테이블에 무료하게 앉아 있었다. 기껏 차린 식당에 손님이 하나도 없다니.

남편은 동네 지인을 만나면 일부러 그 식당에서 술자리를 마무리했다. 나도 응원하는 마음으로 찾아가 쌀국수를 사 먹곤 했다. 어느 날 간만에 들렀더니, 이걸 어쩌나. 그 사이 간판을 내렸다. 문 연 지 1년도 채 되지 않았으니 손해가 막심할 터였다. 마치 우리가 자주 못 가서 그렇게 된 것처럼 마음이 안 좋았다.

20세기 최고의 조각가로 손꼽히는 자코메티 작품을 보러 갔다. 어두운 '묵상의 방'에 놓인 「걸어가는 사람」 한 점만으로도 볼 가치가 충분했다. 앙상하게 뼈만 남은 듯한 인간이 묵묵히 걸어간다. 성큼 크게 한 발자국을 뗐지만, 내 눈에는 등에 무거운 짐을 진 것처럼 보였다. 그래도, 지지 않겠다고 작정한 사람같이 얼굴을 똑바로 들었다. 어찌 보면 눈물을 참으려고 억지로 눈을 부릅뜬 게 아닐까. 애잔하면서도 비장미가 넘쳤다.

제2차 세계대전 후, 잿더미 위에서 살아남아야 했던 인간의 허무와 고독을 담았다는 조각. 각자의 자리에서 먹고사느라 생계 전쟁을 치르고 있는 우리들 모습과도 엇비슷하다. 손님이 없는 테이블을 매일 깨끗이 닦고 기다리던 그 식당 주인의 맘도 그랬을까. 속이 새카맣게 타도록 버텨야 했을 나날들. 어쩌겠는가, 시커먼 터널에서도 손톱만 한 희망의 불빛을 찾아 걸어가야만 하는 게 인간의 숙명이니. 기운을 찾아 어디서든, 즐거운 셰프로 살아가고 있으면 좋겠다.

그나저나 이번에 들어선 식당은 오래가야 할 텐데. 흑, 슬쩍 들여다보니 또 젊은이 혼자 앉아 있구먼.

낯선 도시와 친해지는

최상의 방법은

몸으로 느끼는 것이다.

김은경, 『밥보다 책』(책밥상, 2019)

책 만드는 편집자에게는 해외로 출장 갈 일이 '가끔' 생긴다. 몇몇 도시에서 열리는 도서전을 참관하러 가는 거다. 내 첫 출장지는 가장 규모가 크다는 프랑크푸르트 도서전이었다. 소문은 들었지만 축구장 열세 개를 붙여 놓은 크기에 입이 쩍 벌어졌다.

아침이면 전시장에 들어갔다가 온종일 헤맨 후, 저녁이면 숙소로 돌아오는 일과를 일주일 내내 반복했다. 점심으로 소시지를 먹고 영어를 써야 하는 것만 빼면, 독일인지 한국인지조차 구분이 안 갈 지경이었다.

뼈까지 시린 늦가을의 프랑크푸르트만 몇 차례 다녀왔던가. 운이 좋게도 어느 해에는 5월에 열리는 런던 도서전에 가게 되었다. 런던이라니, 가기 전부터 심장이 벌렁거렸다. 출장으로만 짧게 다녀오기엔 너무 아까운 도시였다. 큰맘 먹고 연차를 붙여서 5일 정도 더 머무르기로 계획을 짰다.

마침 '에어비앤비'라는 새로운 개념의 숙박 사이트가 떠오르던 때였다. 먼저 귀국하는 동료와 헤어져, 캐리어를 끌고 예약한 숙소를 찾아갔다. 주인 혼자 사는 집의 방 한 칸을 빌려 쓰기로 했다. 호텔과 달리 엘리베이터가 없는 건물이라, 2층까지 낑낑대며 짐을 들고 올라갔다. 이제야 런던에 온 것이 실감 났다.

매일 아침, 근처 하이드파크에서 조깅을 했다. 며칠 만에 '하이' 하고 인사를 나누는 얼굴들이 생겼다. 귀한 작품이 잔뜩 걸려 있는데도 입장료가 공짜인 내셔널갤러리에 세 번이나 갔다. 그 앞 트라팔가광장에서, 애인을 기다리는 사람처럼 앉아 사람 구경을 했다. 빅벤, 버킹엄, 타워브릿지, 세인트폴대성당 같은 명소를 죄다 걸어 다녔다. 다리가 아프면 빨간 이층버스에 올라탔다. 템스 강변을 산책하면서 런던아이도 빠트리지 않았다. 겨우 5일 만에, 런던 시가지를 손바닥처럼 잘 아는 런더너가 되다니!

아, 나는 한 길을

  또 다른 날을 위해 남겨두었네!

하지만 길은 길로

  이어지는 걸 알기에

내가 다시 오리라 믿지는 않았지

로버트 프로스트, 「가지 않은 길」, 『가지 않은 길』(손혜숙 옮김, 창비, 2014)

대학교에 들어가 1년 내내 여기저기 기웃거리기만 했다. 꿈꾸던 낭만과는 달리 마주친 대학 풍경은 살벌했다. 서울 한 귀퉁이에서 곱게만 자란 나는 커다란 문화 충격에 빠졌다. 그나마 흥미를 잡아끈 것은 연극 무대였다. 과에 새롭게 연극 동아리가 생겼다. 별 망설임 없이 2학년 신입 부원으로 얼굴을 들이밀었다.

발성을 배우고 대본을 읽으며, 단역 배우로 무대에 섰다. 이상하게도 떨리지 않았다. 사람들은 내 목소리가 낭랑하다고 했다. 새로 온 후배들을 가르치며 방학을 몽땅 바쳤다. 4학년이 되어서도 간간이 배역을 맡았다. 글을 쓰는 기자가 되고 싶기도 했고, 평생 배우로 살아도 좋을 것 같았다.

두 군데에 이력서를 보내 놓고 기다렸다. 교수님이 추천해 주신 잡지사에서는 곧 연락이 왔다. 서너 번 연극을 보러 간 적이 있는 극단에서는 아무런 소식이 없었다. 기자가 되라는 팔자려니 생각하고, 잡지사에 출근하기 시작했다.

3주 정도 시간이 흘렀을까. 슬슬 일에 재미를 붙여 갈 즈음, 느닷없이 극단에서 면접을 보러 오라는 소식이 날아왔다. 운명의 여신은 얄궂다는 말이 딱 맞았다. 갈림길에 서서, 밤잠을 자지 못할 만큼 고민했다. '지금 잡지사를 그만둔다면 교수님 얼굴에 먹칠을 하는 거야.' 남 탓을 하는 얕은 핑계가 내 발목을 거머쥐었다. 막상 배고픈 배우의 길을 걷는 게 겁이 났던가 보다. 결국 글을 읽고 쓰는 사람이 되었다.

가지 않은 길은 늘 아쉬운 법이다. 일상의 안온함보다 그 아쉬움이 더 큰 사람은, 훗날 다시 갈림길에 서서 가지 않은 길을 택하기도 한다. 나는 종종 다른 이의 무대를 지켜보면서 그 마음을 다독였다. 가끔은 그런 생각을 한다. 마흔 넘어 몸을 움직이게 된 것, 쉰 넘어 남들 앞에 서서 말하는 사람으로 사는 것. 어쩌면 그렇게, 가지 않은 길을 멀리 둘러 가는 셈은 아닌지.

걷기는 언제나
부재하는 이들에 대한
오랜 기도이고,
유령들과의 부단한 대화이다.

다비드 르 브르통, 『느리게 걷는 즐거움』(문신원 옮김, 북라이프, 2014)

032

체력 강한 나도 어쩌다 꽁꽁 앓을 때가 있다. 안 좋은 일이 생길 때면 엄마는 종종 꿈 탓을 하신다. 지난밤에는 돌아가신 아빠가 흉한 얼굴로 나타났단다. 귀신이 시샘을 하는 거라나 뭐라나.

"엄마도 참! 아니 아빠 귀신이 있으면 딸자식 잘 되게 하려고 더 애쓰겠지. 안 그래요?"

독불장군이셨지만 자식한테만큼은 최선을 다하셨던 아빠. 갑작스레 쓰러지신 바람에 마지막 인사도 하지 못했다. 캐나다로 이민 간 동생이 매년 제사를 지낸다. 돌아가신 지 15년이 지났기에, 지난 추석 때는 한국에 있던 납골을 처리했다. 혹시 그래서 심통이 나셨나. 혼자 걸을 때, 슬그머니 말을 걸어 본다. '제삿밥은 캐나다로 날아가 드시고, 백중 때는 제가 다니는 절로 오세요.'

기독교는 강력한 유일신 한 분만 믿는다지만, 나는 다신교에 가깝다. 옛 로마인들처럼, 옆 나라 일본 사람들처럼. 왠지 든든하다. 두 아버지가 돌아가셨고, 한 분 두 분 집안 어른들이 따라가셨다. 살아생전에 자주 뵙던 분들이라, 좋았던 모습만 기억난다. 남몰래 부탁할 게 있으면, 가까웠던 가족 귀신들을 소환하기도 한다. 멀리 떨어져 있는 높은 신보다, 자잘한 일에는 훨씬 효험이 강하지 않을까.

남편은 제사상 앞에서, 또 현충원에 있는 무덤 앞에서 절하며 시아버지께 말을 건다. 진짜 영혼이 와서 먹는 것처럼 숟가락 방향까지 신경 쓴다. 입 밖으로 소리를 내는 게 어쩐지 쑥스러워서, 난 한 번도 그러지 못했다. 대신 혼자 걸으면서 속으로 안부를 전한다.

'아버지, 우리 동네 벚꽃 핀 것 좀 보세요. 거기서도 잘 보이시죠?'

놀이터에 가면
아들이 신나게 장난감 말을 타고
있을 것만 같았다.
아파트 단지를 걸어 다닐 때면
아들을 품에 안고서 산책하던
즐거운 시절이 떠올라서
눈물이 났다.

유병록, 『안간힘』(미디어창비, 2019)

당신이 상상하는 가장 끔찍한 '지옥'은 무엇인가. 화제가 된 동명의 드라마에서처럼, 내 한 몸 바스러지고 불타 사라지는 건가? 아니, 내 지옥은 이렇다. 아들이 나보다 먼저 세상을 떠나는 것. 상상만으로도, 서늘한 꼬챙이가 명치를 뚫고 지나간다. 어떤 이유로든, 자식이 부모를 앞서 죽는 것은 자연스럽지 않다. 부모 가슴에 수백, 아니 수천 개의 못이 깊게 박히는 고통일 것이다.

유병록 시인이 쓴 『안간힘』을 읽었다. 어린이집을 다니던, 채 자라지 못한 아들을 작은 관 속에 넣었다. 장례식장에서 입속에 죽을 꾸역꾸역 밀어 넣고, 한구석에 잠들어 버렸다. 왜 시인은 그것을 '치욕'이라고 했을까. 자식을 잃어버린 지옥에서, 부모라는 사람이 살겠다며 끼니를 챙기는 게 끔찍해서다. 목숨만큼 소중한 자식이라면서, 같이 화장터 불 속으로 뛰어들지 않은 스스로가 혐오스러웠기 때문이다.

어린 아들과 함께 걸었던 공간을 지날 때마다, 여전히 아빠는 눈물 짓는다. 대체 얼마나 시간이 흘러야 그 슬픔이 옅어질까. 그러니 수학여행을 떠난 생때같은 자식을 바다에 묻은 부모들의 고통이란, 아아, 짐작조차 못하겠다. 우리가 할 수 있는 거라곤 오래오래 잊지 않고, 위로하는 것뿐이다.

시인의 할아버지는, 농사 짓는 부모를 대신해 손자를 보살폈던 다정한 분이었나 보다. 할아버지 '슬하'에 아들의 유골을 뿌리며 당부한다.

"할아버지, 죄송하지만 우리 아들 잘 좀 부탁드려요, 아직 말도 못 배웠는데요, 저 어릴 때처럼 데리고 다니며 이것저것 알려주세요."

안간힘을 쓰며 참고 있던 눈물샘이 나도 모르게 툭 터지고 말았다.

언제고 밀어 버려야 할 구역인데,
누군가의 생계나
생활계, 라고 말하면
생각할 것이 너무 많아지니까
슬럼, 이라고 간단하게
정리해 버리는 것이 아닐까.

황정은, 『백의 그림자』(민음사, 2010)

다니던 회사가 종로 4가로 사무실을 이전했다. 건물 뒤쪽은 종묘였다. 옆으로는 반짝이는 귀금속 상가가 줄지었다. 맞은편에는 세운상가가 보였다. 가끔 동료 몇과 그 안으로 점심을 먹으러 갔다. 요리조리 꺾어가며, 겨우 두 사람 나란히 걸을 만한 골목을 걸었다. 시계 좌판을 펼쳐 놓은 할아버지를 지나, 잡다한 카메라 진열대를 돌아 가면 오래된 면옥 입구였다. 혼자선 찾아가지 못할 정도로 깊숙한 곳이었다. 과연 뜨끈한 육수 맛이 기가 막혔다.

황정은 작가는 낡은 세운상가를 배경으로 『백의 그림자』를 썼다. 이미 철거가 시작된 협소하고 쇠락한 건물 안. 가난한 사람들은 여전히 거기서 일하고 밥을 먹으며 살아간다. 젊은 작가가 오래된 공간을 어찌 속속들이 잘 알까 궁금했다. 알고 보니 아버지가 세운상가에서 50년이나 오디오를 수리한 기술자였다. 맏딸인 작가도 한동안 가게에 나가 사무를 돕곤 했단다.

누군가에겐, 어느 가족에겐 오랫동안 생계의 터전인 공간. 제3자의 눈에는 어수선하고 낡아 보여도, 나름의 존재할 이유는 구체적이고 명백하다. 그럼에도 보이지 않는 전체를 위해 '부주의하고 무례하게' 밀어 버리는 행위는 얼마나 폭력적인가.

무자비한 거대 자본의 크레인 앞에, 골목과 작은 가게 들이 뭉텅이로 밀려나고 있다. 현대화의 큰 물결을 거스를 수는 없다 해도, 그곳에 쌓인 땀과 시간에 합당한 예의를 갖춰야만 한다.

사람의 두 다리로만 다닐 수 있는 상가 골목, 좌판이 마주 보는 시장 길을 마구 내달리는 사람은 없다. 그 안으로 들어가 느리게 걷다 보면 사람이 보이고, 삶이 느껴진다. 신형철 평론가는 그래서 『백의 그림자』를 좋은 소설이라고 말한다. "이런 공간에 이런 사람들이 살고 있구나" 실감하는 이들이, 그 무례함에 분노할 수 있을 테니까.

어떤 도시를 그곳에 있는
책을 통해 알아가는 것,
이는 그가 언제나 해 오던
일이었다.

파스칼 메르시어, 『리스본행 야간열차』(전은경 옮김, 들녘, 2014)

035

세계에서 가장 아름다운 서점 중 하나로 꼽힌다는 '던트 북스'. 런던에 갔을 때 하루 스케줄을 비워, 더듬더듬 그곳을 찾아갔다. 겉에서 보기엔 별다를 게 없는 고서점이었다. 닳은 손잡이를 밀고 들어서니, 유리 천장에서 쏟아지는 햇빛이 눈부셨다. 지하와 2층 베란다까지 서가로 활용하는 특이한 구조였다. 오래된 책장, 나무로 만들어진 바닥과 고풍스러운 난간들. 고전을 귀하게 여겨 깨끗하게 보존해 온 런던의 이미지가 그대로 담겨 있었다.

파리에는 1919년 문을 연 '셰익스피어 앤드 컴퍼니'가 있다. 앙드레 지드, 제임스 조이스, 스콧 피츠제럴드 같은 작가들이 살롱처럼 드나들었다. 주인이 바뀌어도 가게 이름은 계속 유지했다. 궁핍한 작가들에게 숙식을 제공하는 안식처 같은 곳이었다. 입구에는 셰익스피어 초상이 걸려 있다. 삐걱거리는 나무 계단을 올라갈 때마다 미로처럼 숨은 공간들이 펼쳐졌다. 내가 찾아갔을 때는 마침 깜짝 콘서트가 열렸다. 감미로운 피아노와 바이올린 선율이 책의 공간을 가득 채웠다. 100년간 쌓인 더께 속의 자유로움은 파리 그 자체였다.

『마녀체력』을 내고 독자를 만나러 전국 책방을 돌아다녔다. 박경리와 전혁림의 얼굴이 반겨 준 통영 '봄날의책방', 1940년대의 운치를 재현한 듯한 군산 '마리서사', 벽면에 아름다운 문구를 가득 채워 놓은 속초 '문우당', '속도보다는 방향을 소중하게 생각한다'고 써 놓은 김포 '꿈틀책방', 이장집 사랑방에 묵은 손님처럼 환대를 받았던 광주의 '숨' 등등.

서울 안에서만 뱅뱅 돌며 살아온 내 머릿속엔 새로운 지도가 생겨났다. 도시 이름을 들으면, 타박타박 걸어서 찾아가던 길과 책방 이미지가 먼저 떠오른다. 아, 게다가 서점마다 한 권씩 사 모은 책들만큼, 도시를 기억하는 좋은 기념품이 또 있을까.

보폭과 방향이 제각기인 걸음들로

무수한 길을 낸다면,

한 번도 밟지 않은 눈을

걸어가는 일도

특별한 용기가 필요 없을 것 같다.

김희진, 『오늘밤은 잠이 오지 않아서』(홍익출판사, 2018)

정말이지 상상도 못했다. 편집자와 직업군이 비슷한 여성 기자들이 인터뷰를 하자고 몇 십건이나 요청해 올 줄은. 평범한 중년 여성이 철인3종 운동을 한다는 게 그리 대단한 일인가? 세상에 체력 강하고 운동 잘하는 여성은 차고 넘친다. 어쩌면 내가 '편집자'라는 사실이 기자들의 관심을 더 끌었는지도 모른다. 명목상 취재였지만, 직접 만나고 싶다는 게 그들의 속마음이었다.

그 마음을 왜 모르겠는가. 내 주위에 일 잘해라, 애 잘 키워라 말해 주는 선배는 많았다. 하지만 체력이 중요하다고, 꾸준히 운동하라고 조언한 사람은 단 한 명도 없었다. 누군가, 특히 같은 일을 하는 여성 선배가 남다르게 사는 모습을 보여 줬다면? 좋은 건 얼른 따라 하는 난 훨씬 빨리 마녀체력이 되었을 거다.

인터뷰라는 건 돈 한 푼 생기지 않고, 많은 시간을 잡아먹는다. 허나 단 한 건도 거절하지 않았다. 한창 젊었던 30대 시절보다 20년이나 세월이 흘렀지만, 더 팔팔하게 사는 내 모습을 보여 주고 싶었다. 언니가 먼저 살아 보니, 일하는 데도 엄마 노릇 하는 데도 체력이 중요하더라, 세게 짚어 줘야만 했다. 앞에선 고개를 주억거렸지만 대개는 금세 까먹었을 거다. 단 몇 명이라도 나를 만난 후 다른 길을 걷기 시작했다면, 그 시간은 헛되지 않다.

『빅이슈』 지면 인터뷰를 하러 찾아온 김희진 기자와 김화경 포토그래퍼가 특히 기억에 남는다. 사이클을 타고 달리는 사진을 잘 찍어 보겠다고, 뜨거운 날 셋이서 얼마나 뻘뻘거리며 뛰어다녔는지. 기자가 책을 써 본 작가라 그런지, 나중에 잡지에 실린 기사도 맘에 들었다. 인터뷰에서 고른 문장을 한동안 내 SNS의 소개글로 걸어 놨다.

"체력이 강해지면, 할 수 있는 게 많아진다는 걸 보여 주는 롤모델이 되고 싶었다."

생각을 하려고
제자리에 가만히 있다는 말인가?
시인이 되고 싶으면
걸으면서 생각하는 것부터
시작하라고.

안토니오 스카르메타, 『네루다의 우편배달부』(우석균 옮김, 민음사, 2004)

037

앞에서부터 차곡차곡, 완벽히 해 나가려는 버릇이 있다. 아니, 큰 그림보다 작은 부분에 집착하는 편집증일까. 학창 시절에도 공부하다 이해를 못하는 부분이 있으면 건너뛰질 못했다. 잘 알고 넘어가는 건 좋지만, 그러느라 시간을 많이 까먹었다. 시험 범위까지 진도를 못 나가는 일이 생겼다. 큰 코를 여러 번 다치고도 잘 고쳐지질 않았다. 일종의 병인 건 틀림없나 보다.

책을 만드는 동안 여전히 그랬다. 앞부분이 맘에 들지 않을 땐, 그 자리에 멈춰서 낑낑댔다. 만약 건축물이라면, 토대를 단단하게 다진 후 쌓아 올리는 것이 정답이다. 무형의 편집은 다르다. 일단 올린 건물은 무너뜨리기 힘들지만, 책의 구조는 얼마든지 바꿀 수 있다. 초반이 부실해도, 나중에 덧대거나 다시 짜는 게 가능하다. 다만 내 경험으론, 대충 넘어갔다가 여러 번 고쳐 가며 만든 성공작은 드물었다.

글을 쓸 때도 그 병은 여지없이 나타난다. 우선 제목부터 확정하고, 서두를 어떻게 시작할지 오래 고심한다. 대강의 구조를 짜고 나면, 완벽한 문장으로 한 줄 한 줄 써 내려가면서 마무리하는 식이다. 초고지만 크게 수정할 데 없이, 원고 매수까지 대충 맞아떨어져야 직성이 풀린다. 쓰다가 글이 막히면 어쩌냐고? 다른 글로 넘어가는 게 아니라, 쓰는 걸 멈추고 걸으러 나간다. 그때부터는 컴퓨터가 아니라, 머리로 글을 쓰기 시작하는 거다.

미친 사람처럼 중얼대며 걷는다. 눈은 떴으되 주변 풍경이 전혀 들어오지 않기도 한다. 신기한 건, 메모 하나 없이 머리로 쓴 문장들이 집에 오면 죄다 기억난다는 사실이다. 천천히 걷는 단순한 몸의 움직임이 뇌 기능을 활성화시키는 것이 분명하다.

어라? 지금도 마지막 한 줄을 뭐라고 써야 할지 모르겠네? 할 수 없다, 얼른 나가서 걷고 와야지.

맞아!

이 넓은 한강 둔치와

멋진 여의도공원이 있는데,

왜 답답한 실내에서

헉헉대며 땀을 흘려야 하지?

양희은, 『그러라 그래』(김영사, 2021)

"생방송인데, 가능할까요?"

매주 라디오 방송에 나와 책을 소개해 달란다. 그것도 부담스러운데, 헉! 생방송이라고? 대신 책은 내 마음대로 골라도 된단다. '책 읽고 독후감도 쓸 판인데, 일단 몇 달만 해 보지, 뭐.'

이렇게 해서 목요일마다 여의도에 갈 일이 생겼다. 그런데 말이 쉽지, 일주일에 책을 한 권씩 읽고 대본으로 정리하는 건 머리에 쥐가 나는 일이었다. 게다가 여의도는 강서, 우리 집은 강동 쪽이다. 20분 방송하려고 옷 차려입고 지하철로 왕복하는 데 꼬박 4시간이 걸렸다. 정은아 아나운서를 향한 팬심이 아니었다면 더 힘들었을 거다. 매번 스태프들 간식을 손수 챙겨 왔다. 매끄러운 진행은 물론, 무슨 책을 내밀어도 척척 응수하는 다독가였다. 종종 생방송인 것을 까먹고, 둘이서 신나게 수다를 떨었다.

8월에 시작했는데, 어느덧 겨울을 넘기고 봄을 맞았다. '아이고, 오늘도 잘 넘겼다' 한숨을 내쉬며, 여느 때처럼 여의도 광장을 가로질렀다. 마침 벚꽃이 장관이었다. '어? 그러고 보니 여기까지 한강 자전거 길이 이어지지 않나?'

그러게나 말이다! 생방송의 얼떨떨함이 가시고 나니 그제야 딴 생각할 여유가 생겼다. 자전거로는 왕복 두 시간이면 충분한 거리였다. 방송국 주차장 안에 안전한 거치대도 있었다.

그때부터 별일이 없는 한, 자전거를 타고 방송국까지 달려갔다. 시간이 급박할 때는, 경비 총각에게 자전거 좀 잠깐 봐 달라고 던지고 들어갔다. 목요일마다 자전거 타는 맛에, 여의도 가는 길이 신바람 났다. 정은아 아나운서의 애드리브가 실감나게 통통 튀었다.

"아니, 오늘 같은 무더위에도 자전거를 타고 오신 거예요?"

덕분에 몇 달만 하고 만다던 생방송이 1년 8개월이나 이어졌다는 말씀.

그만하는 건 언제든 할 수 있으니
오늘은 하지 맙시다.
오늘은 걷는 쪽으로 한 걸음 더.

039

고애신
드라마 『미스터 션샤인』(이응복 감독, 2018)

"오늘 저녁은 어찌 할 생각이오?"

"이런! 친구들과 술 약속이 있소."

"코로나 시국에 술이 웬 말이오?"

"내가 본디 무용한 것을 사랑하지 않소. 봄, 꽃, 달, 술……."

뒤늦게 부부가 『미스터 션샤인』에 홀딱 빠졌다. 방영 당시엔 전국을 돌아다니며 북토크를 하던 중이라 차분히 앉아 드라마 볼 시간이 없었다. 게다가 구태의연한 시대물 같아서 아예 관심을 두지 않았다. (이래 봬도 『스타트업』 같은 최신식 스토리를 좋아한다.) 마침 넷플릭스에 올라와 있어, 밤이 깊도록 두어 편씩 정주행했다. 나는 그렇다 치고, 퇴근하자마자 리모컨부터 찾는 남편은 뭐에 씌였단 말이냐. 하긴 김태리의 한복은 어찌 그토록 곱고, 이병헌의 가르마는 어찌 그리 반듯한가.

『미스터 션샤인』의 성공 요인을 내 멋대로 정리해 보겠다. 첫째, 대부분의 등장인물이 지닌 품위. 둘째, 진지할 때조차 훅 치고 들어오는 유머. 셋째, 고상한 대사와 탁월한 은유. 넷째, 주연, 조연 할 것 없이 모두가 돋보인 역할 배분. 다섯째, 고정관념을 뛰어넘는 대범한 상상력.

특히 우리 부부를 단숨에 사로잡은 건 세 번째 요인이다. 부부의 말투가 결혼 이후 처음으로 '하오체'가 되었으니까. 꽃으로 살아도 되는 시대에, '불꽃'으로 살고자 바늘 대신 총을 쥔 고애신. 그런 여성답게 사랑 고백마저도 거침없고 대범했다. 유진초이의 대답 또한 은근하면서도 굳건했다.

"다 왔다고 생각했는데 더 가야 할지도 모르겠습니다. 불꽃 속으로. 한 걸음 더."

『나의 아저씨』와 함께 당분간은 '최애 드라마' 자리를 지킬 것 같다. 아직 안 보신 분들이 무지 부럽네.

사람은 사람, 나는 나,

어찌 됐든 내가 가는 길을

나는 간다

니시다 기타로의 시비

유홍준, 『나의 문화유산답사기 일본편 4』(창비, 2014)

040

진작부터 교토에 가고 싶었다. 혼자서도 얼마든지 다녀올 수 있었지만, 일부러 아껴 두었다. 도쿄처럼, 후딱 갔다 되돌아오는 도깨비 여행은 하기 싫었다. 왠지 거기는 좋은 사람들과 넉넉한 일정으로 가야 할 것만 같았다. 사랑하지만 나를 긴장시키지 않는 두 남자를 동반자로 골랐다. 젊은 남자가 제대한 지 딱 일주일 후였다.

교토를 마음에 둔 건, 우연히 본 사진 한 장 때문이다. 나이 든 선사가 백사 정원을 갈퀴질하는 모습. 마치 전생이라도 슬쩍 엿본 것처럼 영혼이 감응했다. '언젠가 이걸 꼭 보러 가야겠구나.'

10일간 오로지 교토에만 머물렀다. 여행의 테마는 '사찰과 석정'이었다. 가기 전부터 유홍준이 쓴 『나의 문화유산답사기』 일본편 두 권을 사서 씹어 먹을 듯이 읽었다.

광륭사의 '목조미륵반가사유상'은 여운이 컸다. 그 한 점만으로도 교토를 대표할 수 있을 만큼 존재감이 빼어났다. 찬란한 금각사를 보고 나니, 왜 미시마 유키오가 탐미주의 소설을 썼는지 알 것 같았다. 큰 기대 없이 갔는데, 뜻밖에 횡재를 한 사찰이 은각사다. 화려하진 않았지만 편안한 품위를 지녔다. 특히나 굵은 줄무늬가 넓게 펼쳐진 석정이 눈부셨다. 이걸 보러 내가 교토까지 왔구나, 싶을 정도였다. 은각사를 보기 전, 혹은 보고 난 뒤에는 대개 '철학의 길'을 걷는다. 일본의 근대 철학자인 니시다 기타로가 즐겨 산책했다는 길이다. 긴 수로를 따라 녹음이 짙게 우거진 길을 차분히 걷자니 벅찬 감정이 차올랐다. 누가 뭐래도 이 여름이야말로, 내 쉰 살 인생의 절정이었다.

교토는 사계절 풍경을 모두 만끽해야 한단다. 다음 해 봄에 벚꽃을 보러, 나이 많은 남자와 둘이 다시 교토를 찾았다. 이제 단풍과 설경만 보면 되겠지만, 열 번을 더 가도 가슴이 두근거릴 것이다.

몸을 써서 하고 싶은 일들이 있지만

하지 못한다.

친구들과 나란히 걷고 싶지만

보조를 맞추지 못하고

계속해서 내가 왜 느리게 걸어야

하는지에 대한 변명을

지어내곤 한다.

록산 게이, 『헝거』(노지양 옮김, 사이행성, 2018)

젊을 때부터 여러 운동을 섭렵한 남성이 있다. 그 탓일까. 무릎 관절의 연골이 다 닳아 버렸다. 독일까지 찾아가 전문의와 상담했지만 치료 방법이 없단다. 조심조심 걸어야 한다는 게 그가 받은 처방이었다. 친구 남편이 처한 안타까운 상황이다. 이런 사정을 몰랐다면, 만나자마자 평소처럼 신나게 떠들었을 거다.

"요즘엔 어떤 운동해요? 엥? 안 한다고? 아니, 그 좋은 하드웨어를 왜 방치해요?"

『마녀체력』은 에세이라기보다 자기계발서에 가깝다. 두 분야의 차이점이 뭘까? 독자가 '재밌네'라고만 생각하면 에세이다. '엇! 당장 해 봐야지' 싶으면 자기계발서라고 부른다. 내 경험을 글로 풀어내면서, 자극 좀 받으라고 일부러 펌프질을 해 댔다.

"나처럼 왜소하고 나이 든 여자도 하는데, 왜 못하겠어요?"

사람들이 꾸준히 운동하도록 동기부여하는 것이 어느새 소명처럼 되었다. 하지만 내 부추김이 누군가에게는 상처가 될 수 있다는 걸 알았다. 의지와 별개로 몸이 따라주지 않는 경우가 왜 없을까. 심각한 병에 걸렸거나, 나이가 많거나, 선천적으로 몸이 약한 이들에겐 가벼운 걷기조차 고행일 것이다.

『헝거』의 저자 록산 게이는, 어릴 때 성폭력을 당한 정신적인 상처로 몸마저 망가졌다고 증언한다. 음식은 그에게 유일한 위안이었다. 그래서 먹고, 먹고, 또 먹었다. 이 책은 비대해짐으로써 남자들로부터 안전해지고 싶었던 이의 '허기에 관한 고백'이다. 천편일률적인 잣대로 사람 몸을 재단해선 안 된다. 함부로 의지박약이나 게으름의 표상이라고 단정짓는 건 위험한 발상이다.

누구나 강한 정신력과 체력을 가질 순 없다. 다만 지금보다 나아질 수 있다는 희망을 버리지 말자. 필요한 건, 뭐라도 시작해 보려는 용기뿐이다. 록산 게이가 용감하게 『헝거』를 썼듯이.

혼자 걷는 게 좋은 것은

걷는 기쁨을 내 다리하고 오붓하게

나눌 수 있기 때문이다.

박완서, 『모래알만 한 진실이라도』(세계사, 2020)

042

설악산처럼 멀고 험한 곳이라면 모를까, 동네 앞산은 늘 혼자 올라간다. 남들과 같이 가려면 세 가지를 맞춰야 하니까. 만나는 시간, 가야 할 거리, 걷는 속도. 글을 쓰다 말고 또는 날씨에 따라 올라가는 날이 많으니, 혼자가 편하다. 그날의 몸 상태나 시간 여유에 따라 즉석에서 루트를 정한다. 일부러 멀리까지 걸어갔다가, 버스를 타고 귀가할 때도 있다.

대개는 휴대전화 없이 물병 하나 든 채, 가뿐하게 나선다. 정상에 도착할 때까지 쉬지 않고 걷는 걸 좋아한다. 다 올라가서도 퍼질러 앉기보다 금세 되짚어 내려온다. 내가 등산이나 산책을 하는 목적은 도착이 아니라, 걷는 것 자체이기 때문이다. 혼자 걷기는 생각하고, 관찰하고, 글을 쓰는 시간이다.

아차산에 오를 때마다 자연스레 박완서 선생을 떠올린다. 구리 아치울 마을에 사셨으니, 선생에게는 산책을 즐기던 뒷산인 셈이다. 당시 내가 다니던 출판사는 『그 많던 싱아는 누가 다 먹었을까』와 『그 산이 정말 거기 있었을까』 판권을 갖고 있었다. 선생의 대표작이었지만, 나온 지 오래되어서 전반적으로 낡은 느낌이었다. 아예 판형을 바꾸고 새롭게 디자인하자고 의견을 냈다. 촌스러운 소녀의 풋풋함과, 전쟁을 겪는 처녀의 신산함을 표지에 드러내고 싶었다. 그 허락을 구하기 위해, 서너 번 선생 댁에 들르는 행운을 얻었다.

친한 지인이셨던 역사학자 이이화, 화가 김점선 선생도 그 동네에 사셨다. 그러고 보니 세 분 다 하늘에서 만나셨겠네. 아차산 둘레길이 구리까지 이어졌으니, 다음엔 아치울 동네까지 걸어 내려가 보련다. 당신은 가셨지만, 정원이 예뻤던 노란 집은 그대로 남아 있을 테니까. 또 아는가. 등을 구부리고 앉아 잡초를 뽑고 계셨던 것처럼, 큰따님인 작가 호원숙 선생을 만날지. 역시 혼자 걷는 게 오붓하니 좋구나.

여름에는 집을 나서는 것이
서서히 의식처럼 굳어져 갔다.
'가자'라는 말이 떨어지면
녀석은 좋아 날뛰며 거실 벽을 타고
나르며 곡예를 펼쳤다.

마크 롤랜즈, 『철학자와 늑대』(강수희 옮김, 추수밭, 2012)

043

딱 한 번, 개를 길러 볼까 싶었다. 회사 후배가 어쩔 수 없이 키우던 개를 입양 보내야 할 처지에 빠졌다. 아이도 있고 하니 나더러 키워 보라고 권했다. 별로 자신이 없어서, 시험 삼아 일주일만 데리고 있어 보겠다고 했다. 개 한 마리가 집에 들어오는 순간부터 완전히 딴 세상이 펼쳐졌다. 카오스랄까, 난장판이랄까.

털이 긴 요크셔테리어였는데, 활발하다 못해 에너지가 차고 넘쳤다. 어쩌면 갑자기 낯선 곳에 떨어져 스트레스를 받은 거였나? 잠시도 가만히 있지 못하고, 우사인 볼트가 빙의한 것처럼 왔다 갔다 했다. 녀석을 잡아 보겠다고, 다섯 살짜리 아들까지 덩달아 날뛰었다. 가뜩이나 피곤에 절어 비틀거리는 주부 등에다 퍼덕이는 짐승 하나를 더 얹은 꼴이었다.

결국 사흘 만에 녀석은 우리 집에서 퇴출당했다. 더 시간이 지나면 정을 떼기가 힘들 것 같았다. 몸도 마음도 개를 키울 여력이 안 된다는 걸 격하게 확인했을 뿐이다. 개를 데리고 다니는 동네 분들을 보면 양가감정이 든다. 사람 아닌 생명과 사람보다 더 끈끈한 교감을 나누며 사는 게 부럽다. 물론 거기에 따르는 온갖 번잡함과 부자유를 감수해야 하니, 마냥 좋기만 할까.

11년이나 늑대 브레닌과 형제처럼 동거해 온 마크 롤랜즈. 그 기록인 『철학자와 늑대』에는 이런 성찰이 나온다. "즐거움과 불편함이 하나 되어야 완전한 행복이라 할 수 있다." 즉 개를 키우는 기쁨이란, 그 수고로움을 견뎌 낸 자만이 누릴 수 있는 특권이란 말이다.

서울에 그리고 아파트에 사는 동안에는 여전히 동물을 키울 자신이 없다. 하지만 살아 있는 동안 언젠가는 매일 아침, 개와 나란히 산책하는 일상을 누릴 거다. 이름도 벌써 지어 놨다.

"가자! 파트라슈!"

'발을 질질 끌며
문지방을 건너갈 나이'라고 했던
연령 구간에 속한 이 선수는
길고 효율적이면서 전혀 힘들어
보이지 않는 발걸음으로
트랙을 밟아 나갔다.

브루스 그리어슨, 『젊어서도 없던 체력 나이 들어 생겼습니다』(서현정 옮김, 해의시간, 2020)

나이 들어서 오래 걷지 못한다는 분들이 있다. 엄마가 우리 집 근처로 이사 왔을 때도 똑같은 소리를 하셨다. 동네 자랑인 중랑천 산책길로 모시고 갔더니, 500미터쯤 걸었을까. 더는 못 가겠다며 주저앉았다. '마녀체력' 딸을 둔 엄마 체면이 완전히 구겨졌다.

내가 몸으로 깨달은 몇 가지 비결을 써먹어 보기로 했다. 자기 몸 상태에 맞는 수월한 목표 정하기. 반복 성취하면서, 할 수 있다는 자신감 쌓기. 시간과 횟수 또는 거리를 조금씩 늘려 나가기. 노인이나 초보자일수록 처음부터 무리하면 안 된다.

엄마는 다음 날도 비슷한 거리를 걸었다. 다음 날은 조금 더, 그다음 날은 약간 더. 6개월쯤 되었나? 처음으로 산책길 끝까지, 왕복 6킬로미터를 갔다 왔다고 자랑하셨다. 1년이 지난 지금은? 쭉 이어진 둘레길마저 돌고 올 만큼, 전과 달라졌다. 77세 할머니도 꾸준히 걸으면 체력이 좋아진다는 걸 몸소 증명하신 거다.

나이 들수록 체력이 떨어지고 근육량도 줄어든다는 게 정말일까? 내 대답은 'No'다. 30대 후반일 때보다 50대 중반을 넘어선 현재의 몸 상태가 더 좋다. 아무리 그래도, 60세가 넘으면 절정에서 떨어지지 않을까?

『젊어서도 없던 체력 나이 들어 생겼습니다』는 놀라운 사례를 소개한다. 키 161센티미터에 몸무게 58.9킬로그램의 올가. 그는 세계육상대회에 나가 100미터를 23.95초에 완주한다. 너무 느린 거 아니냐고? 자그마치 91세 할머니가 세계 신기록 26개를 보유했다는 게 믿어지는가.

건강하게 사는 데 유전자의 영향력은 25퍼센트뿐이란다. 나머지는 어떤 생활 방식을 고수하며 사느냐에 달렸다. 70세가 넘었어도 결코 늦지 않았다. 운동을 이어가면 건강은 물론, 노화를 늦추고 치매를 방지할 거라 믿는다. 엄마 몸을 관찰하면서 '할멈체력' 가능성 실험을 계속해 보련다.

‘창성동 실험실’ 뒤뜰에
어지럽게 자라고 있는 콩 줄기며
민트, 토란, 호박 넝쿨,
가끔씩 물 한 모금을 마시기 위해
날아오는 새, 지붕 위의 고양이……
이 모든 것이 너무나 그리워졌다.

이기진, 『나는 자꾸만 ‘딴짓’하고 싶다』(웅진서가, 2014)

"창성동? 처음 들어보는데? 어디 붙은 동네야?"

"실험실? 뭘 실험하는데?"

'창성동 실험실'에 놀러 오라고 할 때마다, 사람들이 되묻곤 한다. 하긴 나도 그랬으니까. 경복궁역 3번 출구로 나와 북악산 쪽으로 500미터쯤 직진하면, 거기가 창성동이다. 좁은 골목길 안에 손바닥만 한 한옥이 몇 채 모여 있다. 그중 노란 대문에 쬐그만 간판이 붙은 곳이다.

"모든 사람은 예술가가 될 수 있다"라는 모토 아래, 이것저것 실험해 보는 갤러리라고 할까. 안에는 꽤 넓은 전시 공간이 숨어 있다. 각 분야 발랄한 예술가들의 작품 전시는 물론 연주회, 북 콘서트, 강연, 파티가 시시때때로 벌어진다. 삼삼오오 벼룩시장을 열기도 한다. 봄에는 벚꽃이 피고, 가을에는 감이 열리는 뒤뜰. 그 툇마루에 앉아 편한 사람들과 맥주나 와인을 마시면서 숱한 시름을 잊는 곳. 우리 부부가 즐겨 찾는 놀이터요, 아지트다.

이 동네는 걸어 다니면서 데이트하기 딱 좋다. 자주 가는 하루 동선은 이렇다. '대림미술관'에서 핫한 전시를 보고 나온다. 길 건너편에 있는 '토속촌'에서 뜨끈한 삼계탕을 먹는다. 또다시 횡단보도를 건너와 '역사책방'에 들러 책을 고른다. 그 옆, 꽃이 가득한 '라 카페 갤러리'에서 커피를 마시고 2층 전시를 본다. '창성동 실험실' 뒤뜰에 앉아 와인을 마신다. 어둑해지면 문을 닫고 나와, 서촌 먹자골목 '계단집'에서 해물 라면으로 해장한다.

『나는 자꾸만 '딴짓'하고 싶다』를 만들면서 '창성동 실험실'과 인연을 맺었다. 편집자의 말을 쓰면서, 나는 그 책에다 용한 점쟁이처럼 '예언'을 해놨다. "저자와 친하게 붙어 살면 재밌겠다"고. 쥔장은 서강대 이기진 교수다. 물리학자로, 화가로, 로봇 작가로 알려져 있다. 가장 유명한 건 그분 따님이겠지만. 암튼, 같이 놀아 주셔서 고맙습니다.

지금도 나는

나무가 뿜어내는 '피톤치드'라는

식물의 방어 물질에

사랑의 묘약이 섞여 있다고

믿는 편이다.

김애란, 「너의 여름은 어떠니」, 『비행운』(문학과지성사, 2012)

046

애인과 여름휴가를 맞춰 속초로 놀러 갔다. 하루는 바닷가 민박집에서 자고, 또 하루는 설악산 소청 대피소를 예약해 놨다. 전날 물속에서 종일 논 탓에 지치고 말았다. 게다가 평소 산 같은 데는 안 가봤으니, 준비물도 엉망이었다. 아마 긴 청바지에 면 티를 입었을 거다. 그러니 설악산 오르기가 얼마나 힘들었을까.

연애 초반이라, 자꾸 쉬려고 드는 내게 애인은 대놓고 짜증을 부리지 못했다. 속으로는 '괜히 산에 가자고 했나' 꽤 후회했을 것이다. 천하의 거짓말 중 하나인 "다 왔어, 다 왔어"만 무한 반복했다. 갈 길은 아직 멀어 보이는데, 해가 지기 시작했다. 순식간에 주위가 컴컴해졌다. 이미 도착해서 저녁을 먹고 있어야 할 시간이었다. 우리처럼 처진 등산객은 한 명도 보이지 않았다.

다리는 벌벌 떨리고 더럭 겁까지 먹은 나를 내버려 두고, 애인은 휙 하니 속도를 냈다. '기어이 나를 버리고 가는구나' 싶어 훌쩍거리며 네 발로 기어올랐다. 얼마 안 가서 헉헉대며 다시 눈앞에 나타난 애인이 소리쳤다.

"정말 다 왔어! 조금만 올라가면 대피소야!"

역시나 거짓말이었지만 기꺼이 속아 주었다. 도착하자마자 버너를 피워 끓여다 준 인스턴트 미역국과 찬밥이 얼마나 맛있었던지. 그 와중에도 이만하면 쓸 만한 남자라는 확신이 생겼다.

다행히 그는 남편이 되었다. 허나 설악산의 기억이 서로에게 참혹했나 보다. 그 후 10여 년이 흐르도록, 부부가 같이 산꼭대기까지 등반하는 일은 벌어지지 않았다. 후회되는 일 중 하나다. 만약 20대로 돌아간다면, 애인에게 매주 산에 가자고 조를 거다. 피톤치드를 한껏 들이마시며 조근조근 수다를 떨 거다. 시원한 막걸리 한 병에 김밥을 다정히 나눠 먹을 거다. 산에 오를 때마다 건강해지고 단단해지면서, 사랑은 점점 깊어지겠지.

삶도 그러하다.

쉬지 않고 계속 달리는 것은

열정이 아니라 자해다.

스스로를 망가뜨리지 않으려면

무리하지 말고 쉬엄쉬엄 가야 한다.

우지현, 『풍덩!』(위즈덤하우스, 2021)

『마녀체력』 덕에 뜻하지 않게 철인3종 선수로 유명해졌다. 하지만 엄밀히 기록으로 줄을 세우자면, 그 세계의 꼴찌 수준일 거다. 남편과 친구들은 다 킹 코스를 여러 번 완주했다. 수영 3.8킬로미터, 사이클 180킬로미터, 마라톤 42.195킬로미터를 17시간 내에 완주해야 진정한 '아이언맨(철인)'으로 불린다. 그들에 비하면 내가 이룬 성취는 황소 등에 올라탄 쥐새끼 정도랄까. 찍찍!!

좀 더 혹독하게 훈련해 보라는 권유가 많았다. 해 볼까, 말까 마음이 흔들리던 차에 대회를 구경하러 갔다. 긴 바다 수영을 끝내고, 간신히 기어 나온 여성 선수가 눈에 띄었다. 사이클을 타고 출발하는 얼굴이 거의 울상이었다. 어둑해질 무렵에야 돌아와 힘겹게 달리기를 시작했다. 얼마나 이를 악물고 뛰는지, 곁에서 보기에 겁이 날 정도였다. 마침내 우레 같은 박수를 받으며 골인 테이프를 끊었지만, 다리에 경련이 일어났는지 쓰러지고 말았다. 반쯤 정신 나간 얼굴, 입술은 벌에 쏘인 것처럼 퉁퉁 부르텄다. 아! 인간의 능력이란 얼마나 대단한가. 남의 일 같지 않아, 지켜보던 내가 다 눈물이 찔끔 났다.

한 번의 완주로 만족한 걸까, 아니면 힘겨워 운동할 마음이 사라진 걸까. 다시는 그 여성을 선수로 만나지 못했다. 그때 결심했다. 아무리 하고 싶어도, 죽도록 무리하지 않아야지. 기록이 시원찮아도, 운동이 싫어지지 않을 만큼 즐기면서 해야지.

내 운동 목표는 단기간에 확 이루고 끝내는 것이 아니다. 오래 꾸준히, 갈수록 단련해 나가는 거다. 퇴역 챔피언은 싫다. 쉬엄쉬엄 느리게 가더라도 현역 선수로 남고 싶다. 그건 곧 내 삶의 자세와도 같다. 속도와 힘만 믿고 내달리는 황소보다 작은 몸의 한계를 받아들인 쥐가 되리라. 인생은 100미터 달리기가 아니라 기나긴 마라톤이니까. 끝까지 웃으면서 골인할 거다. 찍찍!

절대로 나를 똑바로 보지 않는
아버지의 시선에서
나는 우리가 함께 가던 길이
두 갈래로 갈라지면서
나는 한쪽을,
아버지는 다른 쪽을 선택해서
걷게 되었다는 것을 깨달았다.

타라 웨스트오버, 『배움의 발견』(김희정 옮김, 열린책들, 2020)

048

시어머니는 재주가 많으신 분이다. 음식 솜씨는 물론 재봉과 뜨개질이 수준급이다. 팔순이 넘은 연세에, 궁금한 영어 단어가 있으면 꼭 물어보신다. 휴대폰으로 문자나 사진을 척척 전송하신다. 여섯 남매 중 탁월하게 똑똑하신데, 오빠들 뒷바라지에 청춘을 바쳤다. 그 점에선 엄마도 마찬가지다. 공부만 좀 더 했더라면, 대학 교수가 되고도 남을 분이다. 누구를 탓하겠는가. 좀처럼 여성이 교육을 받기 힘든 시대였다.

아빠는 고집불통이었지만, 딸이라고 차별하거나 하고 싶다는 걸 말린 적이 없다. 덕분에 맘껏 공부할 수 있었다. 만약 가정형편을 이유로 학교를 못 가게 막았더라면, 나는 집에서 도망쳤을까. 학업을 이어가면서 혼자 살 수 있었을까. 시대가 바뀌었어도, 나 역시 어머니들처럼 포기하고 안주했을 가능성이 높다. 그만큼 부모의 영향력에서 벗어나 독자적인 길을 걷는 건 어렵다. 무섭고 험난한 가시밭길이기 때문이다.

배움으로 삶을 바꾸겠다는 의지를 불태우며, 종교와 무지와 폭력에 맞선 타라 웨스트오버의 투쟁기 『배움의 발견』. 그는 엄격하며 고립된 모르몬교 가정에서 태어났다. 일곱 자녀 중 막내였으며, 학교나 병원에 가본 적이 없는 것은 물론 출생증명서조차 없었다. 스무 살도 되기 전에 결혼해서 산파로 살거나, 종일 폐철 처리장에서 일하다 팔이라도 잘릴 운명이었다.

19년간이나 묶여 있던 종교와 가정의 끈을 자르는 건 간절한 '노예 해방'이었다. 무소불위의 사제인 아버지의 길에서 벗어나는 건 '피를 각오한 혁명'이었다. 끔찍한 고통 끝에 그는 결국 해냈고, 특권을 쟁취했다. "아버지가 내게 준 것 이상의 진실을 보고 경험하고, 그 진실들을 사용해 내 정신을 구축할 수 있는 특권." 이 용감한 성장기를, 늦었지만 두 어머니께도 선물하고 싶다.

누구나 책의 정신에
매혹당하는 공간,
마치 꿈을 꾸듯 서가를 서성이다
문 밖을 나서면
들어왔을 때와는 전혀 다른 공기의
새 세상을 만날 수 있게
삶의 변화를 주는 공간,
한여름 밤의
짧은 꿈과도 같은 공간,
우리들의 책방이
그런 곳이었으면 했다.

백창화, 『숲속책방 천일야화』(남해의봄날, 2021)

"이런 데 책방이 있다고? 맞아?"

잠자코 운전하던 남편이 기어이 조바심을 터뜨렸다. 초행길이라 나도 슬슬 내비게이션을 의심하려던 차였다. 보일락 말락 박힌 '숲속 작은 책방' 팻말을 발견하고는 금세 기고만장해졌다.

"저거 봐! 있잖아!"

차에서 내리기 전, 이번엔 아들이 찬물을 들이부었다.

"사람들이 이런 시골구석까지 책을 사러 온다고요?"

참내, 온다니까. 하지만 어찌 두 사람만 탓하리요. 아무리 둘러봐도 책 읽는 목소리 하나 들리지 않을 것 같은 괴산 시골 산자락에 '책 쫌 파는' 서점이 있다. 틈만 나면 해먹에 누워 시집 읽는 게으른 직원과, 목수이자 정원사인 부처 같은 책방 사장님이 운영한다. 아! 공식 모델이자 영업 이사인 냥이도 있구나.

밤이 되면 연극 회전 무대처럼, 책방 안은 아늑한 거실이자 개인 서재로 바뀐다. 두 사람도 아내와 남편으로 변신하는 시간이다. 2층 비밀의 다락방은 그날 밤 우리 식구가 차지했다. 20회에 걸친 『마녀체력』 전국 북토크 대장정을 무사히 마쳤다. 작가로서 뜻깊은 세리머니를 하고 휴식을 취하기에 여기보다 좋은 장소가 또 있을까.

쇼핑을 즐기지 않아서, 비싼 가구나 옷을 고를 때조차 긴 시간이 걸리지 않는다. 한데 책방 안에서만큼은 오래 서성댈 수밖에 없다. 더구나 천장 끝까지 닿은 서가에 책방지기 맘대로 고른 '내 인생의 책'들이 잔뜩 꽂혀 있으니, 어찌 허투루 훑어보겠는가. "서점은 나의 취향을 결정 짓는 장소"이다. 서점에서 고른 책은 내가 지금, 어디에 빠져 있는지 단박에 보여 주는 바로미터다.

일부러 이 먼 곳까지 책을 사러 오는 이들이 존재하는 한 희망은 있다. 천 일 동안 좋아하는 책의 이름을 대고 기어이 살아남으시라. 끝까지 잘 버티시라.

여행자는
우연을 운명으로 바꾸는 사람이죠.
잘못 본 지도, 놓쳐 버린 버스,
착각한 시간, 하필 떨어지는 비.
여행엔 매 순간 우연이 개입하기에
그 우연을 불행으로 해석하고 있을
틈이 없더라고요.

김민철, 『우리는 우리를 잊지 못하고』(미디어창비, 2021)

050

50대 남녀 11명. 한국에서 관광하더라도 일사불란하게 움직이기 힘든 숫자다. 그런데 여기는 자그마치, 노르웨이의 수도 오슬로다. 본격 트레킹 전 딱 하루, 도시 구경을 나섰다. 렌트카 세 대를 이케아 주차장에 댔다. 셔틀버스를 타고 나오며 다들 쾌재를 불렀다. 편안히 '공짜'로 번화가까지 이동하니 얼마나 이익인가.

겨우 오페라하우스만 둘러봤을 뿐인데 오전이 다 지나갔다. 식당 자리가 없어, 11명이 전쟁을 치르듯 점심을 먹었다. 그 사이, 한 사람을 잃어버렸다가 간신히 되찾기도 했다. (나였다.) 다른 건 포기하더라도, 뭉크 그림만은 꼭 봐야 했다. 근처까지 가서야 국립미술관이 임시 휴관 중이라는 사실을 알아차렸다. 걷다가 지친 우리는 그만 '절규'하고 말았다. 버스 시간이 다 되었으니, 얼른 정류장으로 돌아가야 했다.

줄 서서 기다리다가 막 도착한 셔틀버스에 올라탔다. 어? 차는 출발했는데, 한 사람이 없네? 잠깐 사이에 어디를 간 건가. 창문을 내다보니 하얗게 질린 얼굴로 허겁지겁 뛰어오는 친구가 보였다. 운전 기사에게 잠깐만 멈춰 달라고 사정했지만, 들어줄 리 만무했다. 별수 없다. 혼자 기다렸다가 다음 버스를 타고 올 수밖에. 상황이 하도 어처구니가 없어서 낄낄대며 웃었다.

"어? 아까랑 왜 길이 다르지? 버스를 잘못 탄 건가?"

채 웃음이 가시기도 전에 누군가 소리쳤다.

"설마! 장난 좀 치지 마!"

농담이라면 얼마나 좋겠는가. 알고 보니 오슬로에는 이케아가 두 군데였다. 엉뚱한 곳에 도착한 일행은 망연자실했다. 오히려 낙오된 한 명은, 제대로 버스를 타고 출발한 장소에 내렸다. 그럼 뭐하나. 아는 얼굴들이 보이지 않아 또 식겁했는데. 만나기만 하면 우리는 질리지도 않고, 이 얘기를 안주 삼아 실컷 웃는다.

운동에 중독된 후부터
운동을 거르면
몸과 뇌가 항의를 한다.

웬디 스즈키 『체육관으로 간 뇌과학자』(조은아 옮김, 북라이프, 2019)

2021년은 운수 나쁜 해로 기억될 것이다. 코로나가 2년째 세상 사람들의 발목을 잡았으니 말해 뭐하랴. 내게는 유독 힘들었다. 일이 없다거나(돈은 벌 때도 있고 못 벌 때도 있는 법) 책이 안 팔리는 건(책은 거의 늘 안 팔린다) 부차적인 문제였다. 두 번이나 발목을 세게 잡혔다. 진짜 '발목' 말이다.

한 공간에서 옆에 앉았던 사람이 확진 판정을 받았다. 마스크를 벗지 않았고, 만난 지 일주일이나 지났다. 내 검사 결과는 음성이었다. 그래도 자가 격리는 면할 수 없었다. 일주일간 집에서 나갈 수 없다니, 우리에 갇힌 늑대마냥 울고 싶었다. 폐쇄 병동의 환자처럼 종일 베란다를 서성이며 밖을 내다봤다.

땡! 해제되자마자 뛰쳐나갔다. 걷다가 뛰다가, 쇼생크 탈출에 성공한 앤디처럼 하늘을 보고 웃었다. 밖에서 활개를 칠 수 있다면, 마스크 따위 평생 써도 상관없을 거 같았다. 그런데! 겨우 한 달 지났을 뿐인데, 다시 자가 격리에 들어가고 말았다. 이번엔 발목 염좌. 격렬하게 배드민턴을 치다가 장렬하게 발목을 접질린 것이다. 3주는 바깥 활동을 자제하라는 처방이 떨어졌다.

매일 하던 운동을 못 하니 이런 죽을 노릇이 있나. 짜증 나고 우울해 식구들에게 화를 냈다. 당연히 몸도 불만을 터뜨렸다. 간신히 고친 불면증이 다시 찾아왔다. 다리를 올리고 누워 있으니 등과 허리가 욱신거렸다. 이런저런 수치도 나빠졌을 것이다. 대체 또 무슨 일이 있었던 거냐고 주치의가 놀라겠지.

웬디 스즈키는 뇌과학자다. 운동과 뇌가 어떤 식으로 연결되어 있는지 과학적인 잣대를 들이밀며 설득한다. 운동은 시간 날 때 하는 것이 아니다. 필수불가결한 삶의 수단이다. 현대인이 스마트폰 없이 살 수 있을까? 난 스마트폰만큼이나 운동 없이 살 수 없는 운동 중독자다.

냉이는 이럴 때 등장시키려고
땅이 감춰둔 보배다.
멀리 갈 필요도 없다.
그저 호미 하나 들고 몸을 낮춰
양지바른 밭두둑을
어슬렁거리기만 하면 된다.

김서령, 『외로운 사람끼리 배추적을 먹었다』(푸른역사, 2019)

052

주말이면 종종 시골 아낙으로 변신한다. 고무줄이 들어간 통바지를 입고, 헌 운동화를 신는다. 챙 넓은 밀짚모자를 쓰면 겉모습이 영락없다. 바구니를 들고, 벽에 걸린 호미를 챙겨 뒤란으로 나간다. 올봄에는 텃밭 둔덕을 슬렁슬렁 돌아다니며 냉이와 고들빼기를 캤다. 덖으려고 하얀 민들레꽃 목을 댕강 꺾기도 했다. 여름에는 산홋빛 반지 알 같은 앵두, 배 아픈 데 먹으면 좋다는 개복숭아를 한 소쿠리나 땄다. 자연이 베풀어 주는 선물이다.

시어머니는 내가 올 때에 맞춰 부러 딸 것을 남겨 두신다. 꼬부라진 오이, 잎사귀 뒤에 숨은 동그란 호박, 팔뚝만큼 자란 가지를 뚝뚝 분지르는 맛을 보라고. 생선 알처럼 매달린 방울토마토, 싱싱한 아삭이고추까지 전부 내 수확물이다. 식구 먹일 열매를 찾아낸 구석기 시대 여인 같은 충만한 표정을 짓는다. 종일 밭이랑을 엉덩이로 걸어 다니면서 모종을 심고, 잡초를 뽑고, 줄기를 솎아 준 어머니의 땀방울. 서울 사는 며느리가 그 결실을 낼름 날로 먹는다.

김서령 작가에게 반했다. 속이 썩은 외로운 여자들끼리 배추적을 굽는 첫 꼭지부터 완전히 심취해 버렸다. 미처 마무리하지 못한 마지막 글을 읽다가, 코끝이 알싸해졌다. 이분의 단어와 문장은 어찌 이리 웅숭깊은가. 서울토박이로 자란 내가 듣도 보도 못한 지방 말과 음식이 이토록 '왕청시럽다'니. 그런 탁월한 재능을 주셨으면서, 하늘은 왜 그리 서둘러 데려가 버렸을까.

엄마의 풍족한 음식을 먹고 자란 작가는, 레시피를 적어 두지 못한 걸 안타까워했다. '고담한' 손맛을 지닌 두 어머니의 은혜로운 밥상을, 나 또한 넙죽 받아먹기만 한다. 나중에 글로 써 내지도 못하고, 기억으로 복원하지도 못하면, 얼마나 그립고 헛헛할까. 실은 벌써부터 겁이 나서 죽을 지경이다. 그저 두 분을 오래오래 곁에 붙잡아 두는 수밖에, 방법이 없다.

우울한 마음이 들 땐
대책 없이 걸어 보세요.
걷고 걷다 보면
대책 없이 마음이
가벼워지기도 하거든요.

053

도대체, 『그럴수록 산책』(위즈덤하우스, 2021)

젊을 땐 걷다가 지렁이를 만나면 소리부터 질렀다. 꿈틀거리는 게 징그러워서 멀리 돌아갔다. 아이를 키우며 생각이 달라졌다. 잘 알지도 못하면서 무서워하거나 함부로 싫어하지 않기로 했다. 그래도 피해 다니긴 마찬가지. 무심코 밟을까 봐 겁이 났다.

웬만해서는 흔들리지 않는 나이가 됐다. 인도로 기어 나온 지렁이를 보면, 쪼그리고 앉아 나뭇가지로 풀숲에다 옮겨 준다. 하루에 세 마리 정도 구해 줬을 땐, 슬쩍 하늘에다 윙크를 한다.

'다 보셨죠?'

걷다가 만나는 게 지렁이뿐일까. 산책길에는 설핏 웃음을 주는 장면이 부지기수다. 꼿꼿하게 일직선으로 타고 올라간 담쟁이.(식물계의 바른생활이구나?) 기껏 산책 나와서 하릴없이 휴대전화만 들여다보고 있는 부부.(근데 왜 나오신 거예요?) 가랑이가 찢어져라 운동 기구 위에서 용쓰는 할아버지.(올림픽 나가실 건가?)

우울하고, 생각이 갈라지고, 맘에 여유가 없을 때, '그럴수록 산책'을 하는 게 도움이 된다. 나 아닌 다른 존재들에게 관심을 갖게 되기 때문이다. 한 발 떨어져서 무심히 바라보면 세상은 코믹하다. 내 우울이 어느새 자잘한 웃음으로 바뀐다.

일찍이 그 비밀을 알아낸 도대체 작가는 과연 소확행 전문가다. 별것 아닌 것에서 깊은 의미를 찾아내, 유머 있게 전하는 특기를 뽐낸다. 「지렁이의 보은」 편을 보면서 큭큭거렸다. 지렁이를 구조한 뒤 '은근히' 보은을 기대하는 게 어째 나랑 닮아서.

그가 기억할지 모르겠지만, 우리는 2004년에 같이 일한 적이 있다. 자그마치 17년 전, 무명의 편집자가 영문법 책을 만들면서, 꼭 삽화를 맡아 달라고 섭외한 거다. 세월이 흘러, 둘 다 '걷기'를 예찬하는 작가로 살고 있으니 좋은 인연이다. 지렁이의 보은으로, 언젠가는 산책하다 만날지도 몰라.

그들은 춥건, 어두운 도시건,
적막함이 감도는 거리건 간에
아무 곳이나 갈 수 있었고,
그리고 그들은 손을 어디에다 두건
상관이 없었다.

메그 월리처, 『더 와이프』(심혜경 옮김, 뮤진트리, 2019)

남자 사람 친구 중 한 명은 가끔 혼자서 깊은 산에 오른다. 1인용 텐트를 짊어지고 가서 자고 온다. 세상만사 귀찮아지고, 인간관계나 도시 생활에 지쳤을 때마다 그러는 눈치다. 한 치 앞도 안 보이는 시커먼 어둠과 물 흐르는 소리만 들리는 고요함이 좋단다.

그런 얘기를 들으면 남자들은 죄다 부러워한다. 혼자만 좋은 걸 누리고 왔다고. 여자들은? 죄다 무서워한다. 아무리 산세 좋고 물 맑은 곳이어도, 여자는 외진 곳에 혼자라는 상황이 두렵다. 남성들은 잘 모르는 공포를 여성들은 시시각각 체감한다.

어둡고, 후미진 길을 홀로 걸어갈 땐 용기가 필요하다. 하긴 밝은 대낮의 산길조차 은근슬쩍 겁날 때가 있다. 등 뒤에서 헉헉대며 다가오는 발자국 소리. 눈앞으로 다가오는 낯선 이의 희번덕거리는 눈길. 여성이기에 더 조심했던 경험이 부지기수다.

어디 몸의 부자유뿐인가. 남성들은 당연하게 여겼던 사회적 혜택을 받지 못한 경우도 허다하다. 버지니아 울프는 『자기만의 방』에서 이런 예를 들었다. 만약 셰익스피어에게 누이동생이 있어서 똑같은 재능을 타고났다 하더라도, 전혀 유명해지지 못했을 거라고. 그 시대에 여성이 쓴 극본은 아무리 훌륭해도 무대에 올리지 못했을 테니까.

타고난 성에 따라 사는 방식마저 차별받는 건 억울하다. 그런 면에서 소설 『더 와이프』는 일종의 슬픈 스릴러로 읽힌다. 유명 작가로 거들먹거리는 남편 곁에, 아내는 늘 얌전한 뮤즈처럼 서 있을 뿐이다. 새 소설을 쓸 때마다, 부부가 함께 서재에 들어가 방문을 잠근다는 사실을 세상은 모른다. 평생을 남편의 그림자로만 살아야 하는 아내라니! 더구나 남편 작품에 자신의 땀과 재능까지 갈아 넣어야 한다면, 미치고 펄쩍 뛸 일 아닌가. 내가 보기엔, 피가 낭자한 스티븐 킹의 공포 소설보다 더 끔찍하다.

“좀 걸어야겠어.”
나는 고개를 끄덕였고
우리는 둘 다 차에서 내렸으며
나는 내 기숙사로
콜린은 저편 시내로,
각자 반대편으로 걸어갔다.

앤드루 포터, 『빛과 물질에 관한 이론』(김이선 옮김, 21세기북스, 2011 → 문학동네, 2019)

사람은 두 부류로 나뉜다. 운동할 때 음악을 듣는 쪽과 듣지 않는 쪽. 나는 단연코 후자다. 음악이 흐르면 자세나 호흡에 집중하기 어렵다. 뇌 신경이 온통 청각으로 쏠리기 때문이다. 요즘 이어폰엔 노이즈 캔슬링 기능이 있다. 소음마저 완벽히 차단된다. 꽂는 순간 먹먹해지면서, 외딴 섬에 뚝 떨어지는 기분이다.

그래서 집중해 듣고 싶은 것이 있으면 산책을 간다. 아무 방해도 받지 않고 오롯이 한두 시간 챙기기에 좋다. 2013년 즈음, 막 유행하던 팟캐스트에 빠졌다. 안목 좋은 소설가가 '이 책 좋더라' 귓속말을 해 주는데 어찌 솔깃하지 않을까. 앤드루 포터는 『김영하의 책 읽는 시간』을 통해 알게 된 작가다. 서점에서 봤더라도, 『빛과 물질에 관한 이론』은 내 안테나에 걸리지 않았을 제목이다.

걸으면서 낭독을 듣는데 묘하게 마음이 흔들렸다. 젊은 여자와 나이 든 교수가 나누는 감정이 호기심인지 사랑인지 알 수가 없었다. 그걸 눈치 챈 애인 콜린의 심경도 복잡했을 것이다. 아무 일 없었다는 듯 살다가, 교수의 부음을 듣자 여자는 주저앉아 통곡했다. 그 부분에서 나도 모르게 걸음이 급해졌다. 당장 책을 사서, 천천히 책장을 넘기며 읽고 싶었다.

안타깝게도 책은 절판. 편집자 찬스를 써서 김이선 번역가에게 직접 연락했다. 실례를 무릅쓰고, 여분이 있다면 한 권만 파시라고 읍소했다. 결국 어디서도 구하지 못했다. 급기야 번역가가 가진 책을 빌려 달라고 졸라, 복사해서 읽었다.

인기가 좋았던 팟캐스트라, 나 같은 열혈 구독자들이 많았던 모양이다. 다른 출판사에서 재출간되면서, 소설은 뒤늦게 유명세를 탔다. 덕분에 번듯한 책으로 생존해 있다. 아직도 간간이 오래된 팟캐스트를 찾아 듣곤 한다. 신형철, 권희철 평론가의 귓속말도 한번 중독되면 빠져나오기 어렵다.

우리도 한니발처럼
걸어서 로마까지 가 보면 어떨까?

이주영, 『나는 프랑스 책벌레와 결혼했다』(나비클럽, 2020)

젊었는데도, 손바닥만 한 땅덩이에서 벗어날 엄두를 못 냈다. 그런 내게 부러움을 심어 준 사람이 있다. 이주영 작가는 일본에서 대학을 졸업했다. 서른 중반에는 로마에서 지냈고, 거기서 프랑스 남자를 만나 결혼했다. 지금은 파리에 살고 있으니, 내 눈에는 지구를 놀이터 삼은 여장부 같아 보인다. 그는 남편 에두아르를 '미친놈'이란 애칭으로 부른다. 그 말을 전하며 내게 윙크했다.

"둘이 만나면 잘 통할 것 같아요."(헉! 무슨 의미지?)

프랑스 책벌레의 증상은 대충 이렇다. 소지품을 여기저기 흘린다.(나도 그렇다.) 침대 안팎에 책과 연필이 굴러다닌다.(비슷하다.) 책이 든 상자가 끊임없이 배달된다.(똑같다.) 자기가 읽고 싶은 책을 반려인에게 선물한다.(종종 그런다.) 여행 보따리에 무거운 책을 몇 권씩 챙긴다.(다섯 권까지 챙겨 봤다.) 그래도 독서량과 책 보유량을 따지자면 나는 겨우 '책 번데기' 수준이다.

똑같이 몸 쓰는 걸 좋아하지만, 그의 스케일은 어마어마하다. 파리에서 로마까지 1,386킬로미터를 걸어 보자고 아내를 졸랐다. 물론 여섯 시간 정도 걸어갔다가, 대중교통으로 돌아온다. 다음 주말에는 그 지점부터 다시 걸어서 출발. 이틀간 20킬로미터를 걸었으니, 언젠가, 언젠가는 로마에 도착하리라.

시오노 나나미는 『로마인 이야기 2』를 한니발에게 할애했다. 그럴 만하다. 까마득한 그 옛날, 2만여 명의 군대가 보름 만에 피레네산맥을 올라 알프스를 넘어갔으니!

삼면은 바다, 그나마 대륙으로 통하는 한 면은 휴전선으로 막힌 땅. 여기 사는 우리가 걸어갈 수 있는 거리는 기껏해야 700킬로미터도 안 된다. 국경이 따로 없는 유럽에 살면서, 거대한 산을 넘어 다른 나라까지 가 보겠다는 상상의 스케일이 부럽기만 하다. 통일은 둘째 치고, 다음 세대에겐 한반도 북쪽 너머까지 걸어서 갈 수 있는 날이 왔으면.

휴대전화를 서랍 속에 넣어 두고
밖으로 나가라.
나쁜 일은 일어나지 않을 것이다.

윌리엄 파워스, 『속도에서 깊이로』(임현경 옮김, 21세기북스, 2011)

057

비슷한 시간에 산책하러 나가면, 늘 그들을 지나친다. 일찌감치 시원한 그늘 원두막을 차지한 중년 부부다. 남편은 난간에 기대 앉았고, 부인은 그 옆에 무릎을 세운 채 누웠다. 언뜻 좋아 보이지만, 아쉬운 구석이 있다. 둘 다 아무 말 없이 각자의 휴대전화만 들여다보고 있기 때문이다. 고요한 숲길이 차단해 준 '둘만의 고독'을 누리지 못하는 게 안타깝다. 산책이야말로 분주하고 산만한 디지털 세상과 접속을 끊을 수 있는 '자연스러운' 시간인데.

휴대전화 없이는 불안해서 잠깐 외출도 못 하는 세상이다. 틈만 나면 시끄러운 군중과 연결된 SNS를 확인한다. 퇴근 후나 늦은 밤도 가리지 않고 업무 메시지가 쏟아진다. 신에게 기도하거나 고인의 명복을 비는 가장 신성한 자리에서조차 조용히 놔두질 않는다. 그러니 초조하고, 불안하고, 분주할 수밖에 없다. 시간을 두고 천천히 느끼고 생각하는 법을 까먹었다. 삶의 정수를 되새기는 '깊이'를 잃어버렸다.

윌리엄 파워스는 옛 철학자들로부터 해결책을 찾았다. 물리적·내적 거리를 확보하기. 아니면 몰입해서 책 읽기. 뭔가를 끼적거리거나 나만의 '월든 존'을 만드는 것도 좋은 방법이다. 그런 면에서, 내가 하는 운동은 효과가 뛰어나다. 자전거를 타거나 수영할 때는 휴대전화를 들여다보기 어렵다. 긴 거리를 달릴 때도 마찬가지다. 간단히 속도를 재는 애플워치만 차고 나간다. 배드민턴을 치는 동안엔 그 무엇도 나를 방해하지 않는다.

기껏 걸으려고 집을 나섰다면, 일부러라도 휴대전화는 두고 나오자. 디지털과의 무수한 접속에서 잠시라도 탈출할 절호의 기회 아닌가. 내 안의 나를 불러내 인사하거나, 곁에 있는 이의 눈을 바라보자. 걷는 리듬에 맞춰 조용하고 느리게 노래라도 흥얼대자. 내 영혼과 접속하는 시간이다.

앞사람의 발을 차지 않으려
절로 종종걸음이 되었으며,
놓친 일행을 찾느라
혹은 저 앞에 뭐가 있는지 궁금해서
미어캣처럼 목을 쭉 뺀
사람들까지 더해져
그야말로 미어캣터졌다.

김혼비·박태하, 『전국축제자랑』(민음사, 2021)

걷기 싫을 때가 있다. 정말? 그렇다니까.

사람이 득시글한 곳을 좋아하지 않는다. 흔히 '사람 구경'이 재미나다고 하지만, 난 전혀 '아니올씨다'다. 날씨 좋은 주말, 도봉산에 갔다가 앞사람 엉덩이만 실컷 보고 왔다. 불꽃 축제에 갔을 때는, 뒷사람이 자꾸만 신발 뒤축을 밟는 바람에 있는 대로 짜증이 났다. 여럿이 오일장에 들렀는데, 번갈아 사라지는 아이들을 찾느라 구경은커녕 진이 빠졌다. 몇 번 된통 당한 후로는, 남쪽 꽃소식이 사이렌처럼 유혹해도 맘이 동하지 않는다.

지방에서 열리는 축제 따위는 염두에 둬 본 적도 없다. 우연히 여행을 갔다 마주치긴 했지만 '축제'라 부르기에 민망할 정도였다. 촌스럽고, 종종 어이없으며, 하품 나도록 엉성한 도떼기시장에 뭔 재미난 볼거리가 있을까.

시어머니가 틀어 놓고 보시는 『전국노래자랑』도 비슷하지 않나? 그런데! 수능을 앞둔 열여덟 살 소녀 셋이 '백수 추리닝'에 선글라스를 쓰고 나와, 미친 듯이 무대 위를 장악할 때가 있다. 한복 입은 아주머니가 특산물을 들고나오면, 사회를 보던 송해 할아버지는 능구렁이처럼 입을 벌린다. 가끔 등장하는 그런 'K스러움'이 2천 회를 넘긴 장수 프로그램의 비결 아닐까.

주변머리는 없건만 가끔 터무니없이 용맹한 부부의 『전국축제자랑』. 대놓고 웃긴 김혼비와 박태하의 소심 유머가 합쳐진 체험기를 읽다 보니 엉덩이가 들썩거린다. 볏짚을 날라 보고, 홍어 한 점 씹어 먹고, 벌교 갯벌에 몸을 던지고 싶다. 같이 간 사람이야 호랑이한테 잡혀가든 말든 곶감으로 배를 채우고 싶다. 앞사람 뒤통수만 봐도 좋으니, 빽빽이 둘러서서 품바를 보고 싶다. 아무래도 코로나 때문에 사람 구경을 못 해, 나사가 뭉텅이로 빠졌는 갑다.

생각이 끊임없이

방울방울 이어질 때

가만히 누워 있기는 괴로운 일이다.

특히 부정적 생각이 휘몰아칠 때

누워 있으면

스스로 몸을 묶고

소리 없이 아우성치는 일과 같다.

걷기는 이 '셀프 속박'에서

벗어나게 해 준다.

이주현, 『삐삐언니는 조울의 사막을 건넜어』(한겨레출판, 2020)

25년째 혈압 약을 먹고 있다. 엥? 마녀체력이? 지인들은 당연히 이상하다는 반응을 보인다. 한때는 나조차 이해하지 못했다. 운동을 꾸준히 해도 혈압이 떨어지지 않았다. 성인병이 아니라, 타고난 (유전적) 질병이라고 의사가 설명했다. 규칙적인 운동이나 식이요법이 도움은 되겠지만, 평생 약물로 치료할 수밖에 없단다.

3개월에 한 번 주치의를 만나 약을 탄다. 왜 재수 없게 이런 병에 걸렸나, 억울해해 봤자 도움이 되지 않는다. 오히려 꼬박꼬박 병원에 다니게 된 걸 고마워해야 할지도 모르겠다. 육십이 넘도록 감기 한번 앓지 않은 아빠는 갑작스러운 뇌출혈로 돌아가셨으니까. 만약 고혈압이 나타나지 않았다면, 지금보다 더 건강하게 살았을까? 눈에 띄게 몸무게가 불어도, 그러려니 했을 거 같다. 남편 역시 혈압 약을 먹으니, 부부가 이런 동병상련도 없다.

타고난 질병 중엔 완치되지 않는 병이 있다. 발병 원인도 명확하지 않다. 그저 약물로 다스리며, 평생 관리해야 한다. 『삐삐 언니는 조울의 사막을 건넜어』는 병의 증상과 고통을 명확하고 생생하게 전한다. "뇌의 기분 조절에 문제가 생겨 발병하는 생물학적 질환"인 조울병이 그토록 심신을 갉아먹는 병인지 미처 몰랐다. 고혈압 따위는 발바닥 티눈처럼 여겨질 정도였다.

'걷기'는 그런 깊은 우울의 늪에서도 빠져나올 힘을 준다. 저자는 800킬로미터가 넘는 스페인의 까미노, 나흘간 160킬로미터를 걷는 네덜란드의 네이메헌, 4,130미터를 오르는 네팔 트레킹을 다 해냈다. 특히 풍광 좋은 길을 걸을 때마다 지금이 인생의 절정 같다고 썼다. "행복의 파랑새는 모든 길에서 지저귄다." 천만다행이다. 어디에나 길은 있고, 우울할 때는 걷기만 해도 나아지니까. 고혈압 환자에게도 꾸준한 걷기가 특효약이란 걸, 내가 증명해 보이고 싶다.

술을 마시러 갈 땐
이 동네에서 저 동네로
스키를 타고 이동하는 거예요.
전나무에서 떨어지는
눈폭탄도 맞으면서요.

이병률, 『바람이 분다 당신이 좋다』(달, 2016)

060

사는 동안 삿포로에 갈 수 있는 사람이 얼마나 되려나. "라면 먹으러" 도쿄를 들락거린다지만, 북쪽에 자리 잡은 홋카이도는 사정이 다르다. 신칸센이 연결되지 않은 섬이라, 일본인 중에도 못 가본 이들이 많단다. 나로 말하자면, 한여름의 삿포로를 흠모해 왔다. 라벤더가 펼쳐진 벌판이나, 거대한 무지개떡처럼 보이는 꽃밭 말이다. 인간이 천국을 꾸민다면 그런 풍경 아니겠는가. 마음은 늘 달려갔지만, 쉽사리 가지질 않았다. 아직 때가 아닌 거였다.

운명처럼 불현듯, 삿포로가 내 인생을 비집고 들어왔다. 꽃 그림 작가 백은하를 통해, 그곳에 아트 스튜디오가 있다는 말을 들었다. 공들여 작성한 포트폴리오를 보내 놓고 얼마나 마음을 졸였던가. 숙박 승인이 떨어진 순간부터, 공중을 붕붕 떠다니는 기분이었다. 한 달이라는 시간을 외국에서 지낸다는 것. 회사를 다녔다면 엄두조차 못 낼 일이다. 며느리이자 주부로서도 쉽게 내릴 결정은 아니었다. 가족의 배려와 스스로의 용기가 필요했다. 짐을 싸다 보니 스멀스멀 겁부터 차올랐다.

때는 3월, 집 앞에 벚꽃이 피는 걸 보고 왔는데, 삿포로는 여전히 겨울이었다. 과연 길 양옆으로 허리께까지 눈이 쌓여 있었다. 가방을 질질 끌고 산자락에 있는 스튜디오를 찾아가는 길은 고달팠다. 근처까지 왔건만, 아무리 지도를 들여다봐도 길을 찾을 수 없었다. 가방을 버려둔 채, 하얀 눈밭을 미친 사슴처럼 이리 뛰고 저리 뛰었다. 산책을 나온 할아버지에게 지도를 보이니, 내 가방을 끌고 휘적휘적 올라가기 시작했다. 알고 보니 계단이 눈 밑으로 한참 숨어 버린 거였다.

하루 걸러 눈이 쏟아졌다. 혼자라는 게 좋으면서도 외로웠다. 그럴 즈음, 농담처럼 "맥주 마시러" 두 남자가 찾아왔다. 셋이서 눈폭탄을 맞으며 거리를 싸돌아다녔다. 좋아한다는 말 대신 "삿포로에 갈까요"라고 쓴 시인의 마음을 알 것 같았다.

선수 교체.

30년 가까운 주방 노동 끝에

체력과 정신력이 고갈된 아내는

함박웃음을 머금으며

벤치에 나와 앉았다.

박승준, 『남편이 해주는 밥이 제일 맛있다』(오르골, 2021)

일요일 늦은 아침. 클래식 음악이 통통 문틈을 비집고 스며든다. 요맘때 듣곤 하는 『강석우의 아름다운 당신에게』다. 냉장고 야채칸을 부스럭대고, 도마에다 탁탁탁 칼질하는 소리. 드르륵 믹서에 뭔가를 갈고, 전자렌지는 경쾌하게 띵! 넓지 않은 주방을 분주하게 오가는 발소리. 침대에 누워 비몽사몽 중에 이 소리들을 듣고 있자면, 재벌가 사모님이 부럽지 않다.

몇 년 전부터, 휴일 아침이면 누리는 호사다. 남이 온전히 해주는 밥은 얼마나 맛있나. 남편은 특히 매쉬드 포테이토를 잘 만든다. 후다닥 요리하는 것치고, 맛과 영양소를 골고루 챙긴다. 예쁜 접시에 담아내며, 과일과 음료까지 살뜰하게 곁들인다. 매주 먹어도 질리지 않는 별식이랄까. 그동안 이런 재주를 왜 썩히고 살았는지, 알다가도 모를 일이다.

신혼 초부터 가사를 나누긴 했지만, 주방 쪽은 대충 내 담당이다. 손맛 좋은 두 어머니 밥을 자주 얻어먹어 그런지, 세월이 가도 요리에는 영 흥미가 붙질 않는다. (사람이 다 잘할 수는 없지.) 솜씨를 발휘하려 들면 오히려 남편이 훨씬 창의적이다. 대형 마트에서 그릇이나 조리 기구를 들여다보는 것도 그쪽이다. 그럴 때마다 나는 지금도 충분하다며 못 사게 뜯어말린다.

머지않아 주방에서 멀어지는 게 내 목표다. 갑자기 은퇴 선언을 하면 반발이 심할 테니 살금살금 물러나야 한다. 정말 맛있다고, 교체 선수의 엉덩이를 살살 두드리며 비위를 맞춰야 한다. 때맞춰 '식구' 입에 들어갈 음식을 만드느라 종종걸음 하는데, 그까짓 립 서비스쯤 뭐가 어렵다고. (알아들었나, 남편들이여?) 요리 학원을 알아봐 주고, 그릇 몇 개쯤 제멋대로 사도 봐줘야지. 대신 글을 열심히 써서, 맛난 바깥 음식을 골고루 사 먹일 테다.

노인으로 산다는 것은

신체적 어려움을 받아들이고

천천히 사는 거예요.

천천히 가면 보이는 게 많습니다.

젊어서는 급히 가느라

못 보던 것들이 보인단 말이죠.

이근후·이서원, 『마음대로 안 되는 게 인생이라면』(샘터, 2020)

시골에 혼자 살고 계신 시어머니. 언제 가 봐도, 식탁엔 늘 꽃이 놓여 있다. 꽃집에서 일부러 사 온 거창한 다발이 아니다. 어느 날은 봉오리 맺힌 진달래 가지 하나가 수반에 꽂혔다. 보라색 과꽃이나 하얀 작약 한 송이만 덜렁 유리병에 꽂아 놓기도 하신다.

이상하다? 언젠가 나무를 치던 일꾼들이 실수로 모란 싹을 밟는 바람에, 한동안 속상해하던 분이다. 집 안에서 혼자 보자고, 마당에 핀 가지나 꽃을 꺾을 분이 아닌데? 아니나 다를까, 노인회관에서 뒷짐 지고 올라오다가 길가에 꺾여 있는 가지를 발견하셨단다. '가평의 타샤 튜더'답게, 꽃병에서 조금 더 살아 보라고 챙겨 오신 거다.

달리는 자동차 안에서는 절대 볼 수 없는 것. 매사 급하고 살기 바쁜 젊은이들 눈에는 띄지 않는 것. 오직 천천히 걸으면서, 발밑이나 주변을 살피는 노인들에게만 보이는 것들이 있다. 오며 가며 한 줌씩 숨은 잡초를 뽑거나, 그늘에 뒹구는 실한 열매를 줍는 데 도사시다. 남의 얼굴에 감춰진 웃음과 근심도 잘 보이는지, 어딜 가도 말을 트고 친구를 사귄다.

여든셋, 무릎은 벌어지고 허리는 점점 더 굽어 가는 어머니. 아직은 뒷짐을 지시지만, 언젠가 노인용 유모차를 밀어야 할지도 모르겠다. 그럼 더 천천히 걸으시겠지. 어머니 식탁 위는 주워 온 꽃들로 매일매일 풍성해지겠지.

어머니도 실은
산에 오르고 싶었던 게 아닐까?
갑자기 높은 산에 가려면
저항감이 들겠지만,
정년퇴직해서 시간이 생긴 아버지가
느긋하게 오를 수 있는 산에 데려가
주리라고 생각했을지도 모른다.

063

미나토 가나에, 『여자들의 등산일기』(심정명 옮김, 비채, 2019)

"부부끼리 같이 치는 거 아닙니다."

배드민턴을 시작하면서 가장 빈번하게 들은 말이다. 왜? 싸운다는 거다. 이렇게 재밌는데 왜 싸우지? 조금씩 실력이 늘면서 게임을 해 보니, 그 말이 딱 맞았다. 배드민턴은 복식으로 치는 게 일반적이다. 혼합복식으로 칠 때는 수준이 비슷한 남편과 주로 짝을 먹었다. 둘 다 초보라서 지는 때가 많았다. 내가 못하는 건 아랑곳하지 않고, 남편이 실수할 때마다 지적질을 했다. 그러니 안 싸울 수가 있나.

배드민턴을 친 지 5년이 넘었다. 여전히 실력은 그저 그렇다. 그 사이 (선배들의 충고처럼) 우리 부부는 엄청 싸워 댔다. 하지만 (선배들의 충고를 듣지 않고) 꿋꿋하게 남편과 짝을 지어 대회에 나간다. 몇 번인가 상대 팀을 이긴 적이 있는데, 좋아서 웃음을 감출 수가 없었다. 이런 자부심 넘치는 즐거움을 다른 사람과 나누는 게 말이 되나? 아니, 어쩌면 남편과 같이 만들어 낸 결실이라 그토록 기쁜 것일지도 몰랐다.

『마녀체력』 읽어 보신 분은 알 거다. 내가 말초적인 분노에 휩싸여 운동을 하기로 결심한 것도 '지리산 사건'이 아닌가. 천왕봉 등반의 자부심을 남편과 같이 누리지 못하는 몸이라는 게 슬펐다.

부부가 함께 운동할 수 있으면 좋다. 대화에 윤기가 흐르고, 생활이 쫀득쫀득해진다. 그러니 남편들아, 주말마다 혼자 휭하니 내빼지 말고 아내에게 손 내밀어 보자. 그 좋은 걸 타인하고만 즐기지 말고, 부부가 함께 나눠 보자. 누가 알겠는가. 소파에 누워 드라마만 보던 아내가 나처럼 '마녀체력'이 될는지.

등과 가슴을 똑바로 펴고
정면을 바라본 채
앞을 향해 단단하게 내딛는
발걸음이 몸에 밸 때까지
자주 인식하며 연습해야 하고,
이런 반복 훈련을 통해
진정 내 안에 자신감이 솟아야
눈빛이 달라진다.

박은지, 『여자는 체력』(메멘토, 2019)

064

폭력이 난무하는 영화를 보면, 스트레스가 풀리긴커녕 쌓인다. 현실적으로 나처럼 평범한 여성이 '깍두기'들의 아수라장 속에 던져질 일은 드물 것이다. 그렇다고 나와 상관없는 딴 세상 이야기로만 치부하기도 어렵다. 미친 남자들에게 육체적인 위협이나 언어폭력을 당할 가능성은 사방에 도사리고 있으니까.

어릴 때부터 겁이 많아서, 혹시나 그런 일을 맞닥뜨리면 어떻게 대처할까 고민했다. 만화에서처럼 얼굴에 냅다 후춧가루를 뿌려야 하나? 호루라기를 불까? 아님 은장도라도 들고 다닐까?

달리기를 하고 나서부터 내 나름의 방법을 찾았다. 쌍욕을 해주고, 뛰어서 도망가는 거다. 쫓아오면 어쩔 거냐고? 따라올 테면 와 보라지. 5킬로미터든, 10킬로미터든 뛸 테니까. 상대가 마라톤 선수가 아닌 이상 나를 따라잡기는 쉽지 않을 것이다.

도망이라니, 어쩐지 소극적인 태도 같아서 찝찝하긴 하다. 무서워도 맞서는 게 맞나? 합기도를 포함해 각종 격투기를 배우고 있는 박은지 작가는 『여자는 체력』에서 말했다. 대부분의 공격 상황에서 '즉각적 후퇴'는 부상이나 피해를 피할 수 있는 가장 좋은 방법이라고. 다만 상대가 얕보지 못하도록 평소에도 단호한 눈빛, 당당한 걸음걸이를 훈련하라고 권한다. 무작정 피하거나 움츠러들기보다, 분노를 표현하고 갈등에 맞서는 연습도 필요하다. 북 토크를 하면서 그를 만날 기회가 있었다. 과연 차분한 목소리에, 온몸으로 당당함을 내뿜는 멋진 여성이었다. 역시 여자는 체력부터 길러 놓고 봐야 한다.

강아지조차, 약해 보이는 인간을 딱 알아보고 짖는 법. 당장 격투기를 배워 써먹기엔 무리고, 매서운 눈빛과 걸음걸이 훈련부터 시작해야겠다. 가만 있자, 입에 담기 힘든 쌍욕은 뭐가 있을까. 이왕이면 가장 센 걸로 연습해 둬야지.

실행할 수 있는 변화를

하나만 골라 보자.

자동차를 조금 덜 탈 수 있을까?

비행기를 타고 떠나는 여행을

조금 줄일 수는 없을까?

대중교통을 이용하면 어떨까?

호프 자런, 『나는 풍요로웠고 지구는 달라졌다』(김은령 옮김, 김영사, 2020)

065

아기가 돌 즈음이 되니, 더 이상 업거나 안고 다니기 벅찼다. 가난한 맞벌이 부부는 새 차를 살 여유가 없었다. 남편 선배가 타던 오래된 자동차를 물려받았다. 한 2년쯤 탔을까, 그 고물 덩어리가 길 한가운데서 고장이 났다. 보다 못한 시아버지께서 당신 차를 공유하자고 했다. 은퇴하시고는 아예 며느리에게 차를 넘겨주셨다. 얼마나 차를 잘 돌보셨는지, 10년을 넘게 타도 멀쩡했다.

결혼한 지 18년 만에, 둘이서 모은 돈으로 새 차를 구입했다. 대리점에 가서 시승을 하는데, 처음 운전하는 사람처럼 떨렸다. 세상에, 그 사이 편리한 기능이 이렇게 많아지다니. 저절로 전조등이 꺼지질 않나, 후진할 때 후방 카메라가 켜지질 않나. 그런 문명의 혜택을 다 누리려면, 적어도 5년마다 차를 바꿔야겠다고 마음먹었다. 그래서 바꿨느냐고? 어느새 이 차도 10년이 넘어가지만, 새로 차를 살 일은 요원하기만 하다.

운동을 시작하고 나서 주로 대중교통을 이용한다. 자전거를 타거나, 운동 삼아 걷는 일이 많다. 그러니 연식은 오래됐어도 차가 멀쩡할 수밖에. 게다가 매년 운행 거리가 줄어들어서, 보험사로부터 돈을 꽤 되돌려 받는다. 자동차를 덜 탈수록 걷는 일이 많아질 테고, 그 혜택을 고스란히 받는 건 내 몸일 것이다.

과학자 호프 자런은, 동시에 지구도 그 혜택을 받을 수 있다고 말한다. 『랩 걸』에 반해서 만나는 사람마다 읽으라고 권했는데, 추천할 책이 또 생겼다. 『나는 풍요로웠고 지구는 달라졌다』는 모든 이의 책장에 꽂혀야 할 지구 이야기다. 우리 행성이 직면한 다양한 위기를 빼어난 통찰력으로 짚어 낸 호프 자런에게 고개를 숙인다. 아니, 독자로서 보내는 가장 큰 경의는 행동으로 보여주는 거다. '덜 타고 더 걷기'를 지속하는 것. '덜 소비하고, 더 많이 나누기'를 실천하는 것.

서른여덟은 끝이 뻔한 길에
뛰어들지 않아.
'에라, 모르겠다' 하기엔
모르지 않고,
'될 대로 돼라' 하기엔
어떻게 되는지 알거든.

드라마 『검색어를 입력하세요 WWW』(정지현·권영일 감독, 2019)
배타미

'라떼는' 대학에 가려면 학력고사를 본 뒤, 지원한 학교에 가서 논술고사를 치러야 했다. 시험장에서부터 주위를 어슬렁대던 남학생 하나가 있었다. 짐작한 대로, 전부터 눈여겨봤다며 합격자 발표 날 불쑥 악수를 청해 오는 게 아닌가. 예스! 꿈꾸던 로맨스가 싹틀지 모른다는 기대감에, 범생이 심장이 벌렁거렸다.

끼가 넘쳐 과 친구들에게 인기를 모았던 그 남자는 하필 '동성동본'이었다. 설익었던 나는 그 사실이 계속 맘에 걸렸다. 본격적으로 연애를 시작하기도 전에, 지레 마음을 접고 말았다. 어떻게 끝날지 뻔히 보이는 길에 시간과 정성을 낭비하기 싫었다. 사랑할 기회를 스스로 박탈해 버린 나는 큰 벌을 받았다. 변변한 남자 친구 하나 없이, 지리멸렬하게 3년을 허비한 것이다.

바보들은 꼭 당하고 나서야 깨닫는다. 외로운 시간 끝에 독학으로 '사랑의 기술'을 터득했다.다시는 기회를 놓치지 않겠다고 작정했다. 때마침 내 앞에 나타나 다디단 결실을 차지한 주인공은 남편이었다. 이것저것 따져 가며 예전처럼 주춤했더라면, 결혼은커녕 연애까지 가지도 못했을 것이다. 그 와중에 한 가지 확실하게 배웠다. 딴 건 몰라도 사랑과 모험은, 안 하고 안전한 것보다 해 보고 후회하는 쪽이 훨씬 낫다.

로맨스 드라마는 보통 삼각관계가 불화를 일으킨다. 하지만 『검색어를 입력하세요 WWW』의 주인공 배타미와 박모건의 경우는 둘의 문제다. 미래의 지향점이 다르다는 이유로, 지금의 사랑을 이어갈지 말지 고뇌한다. 인생을 먼저 살아 본 선배로서 조언해 줄까? 사랑한다면, 머나먼 미래 따위는 개나 줘 버려라. 『메디슨카운티의 다리』에서 로버트 킨케이드가 말했다. "애매함으로 둘러싸인 우주에서 그런 확실한 감정"은 자주 오지 않는다고. 하나 더! 끝이 뻔히 보이는 길이라도, 걷다 보면 변수가 생길지도 모른다. 사랑은 그만큼 힘이 세더라.

그렇게 우리는
함께 우산을 쓰고 눈 위를 걸었고,
바로 그다음 날 연인이 됐답니다.

손원평, 「4월의 눈」, 『타인의 집』(창비, 2021)

067

모르는 사람과 친해지려면?

우선 밥을 같이 먹자고 청한다. 편집자로 살면서 낯선 저자들을 만날 때마다 써먹은 방법이다. 간단히 차를 한잔 마시는 것과, 밥을 함께 먹는 행위는 천지 차이다. 상대의 식성을 고려해 식당을 고른다. 만날 날짜와 시간을 조율한다. 메뉴를 살펴보며 뭘 먹을지 의논한다. 음식이 준비되는 어색한 시간을 사사로운 대화로 메운다. 요리의 맛을 품평하며 서로의 접시에 덜어 준다. 이런 과정을 거치는 동안 훌쩍 가까워졌다는 느낌을 받는다.

혹시 좀 더 정겨운 사이가 되고 싶다면?

나란히 앉을 기회를 자주 만든다. 일찍이 생텍쥐페리는 말했다. "사랑한다는 것은 서로가 서로를 바라보는 것이 아니라, 같은 방향을 함께 바라보는 것"이라고. 얼굴을 정면으로 보고 대화하는 것보다, 고개를 돌려 서로의 눈빛을 맞추는 쪽이 더 다정하다. 공원 벤치, 영화관, 열차, 바에 나란히 앉는 빈도가 늘어날수록 두 사람의 어깨는 가까워질 것이다.

예기치 않게 비라도 쏟아진다면?

하늘이 준 절호의 기회다. 다만 각자 우산을 들었다간 오히려 낭패다. 간격은 멀어지고 말소리는 들리지 않는다. 한 우산을 쓰고 나란히 걸으면, 순식간에 세상과 격리된 둘만의 공간이 생긴다. 이인삼각처럼 발이 꼬이고 몸이 자꾸만 부딪힌다. 옆 사람을 더 배려하다 보면 자기 몸이 흠뻑 젖기 마련이다. 덜 젖기 위해선 꼭 붙어서 하나둘, 하나둘 걷는 호흡을 맞춰야 한다. 그럴 때 어찌 불꽃이 튀지 않겠는가.

하핫! 연애 경험이 미천한 이가 권하는 팁이니, 반만 믿는 게 좋다.

나는 그냥 부스터 같은 걸 달아서
한번에 치솟고 싶었다.
점프하고 싶었다.
뛰어오르고 싶었다.
그야말로 고공 행진이라는 걸
해 보고 싶었다.

장류진, 『달까지 가자』(창비, 2021)

종종 자전거를 타고 집에서 양수리까지 달린다. 편도 43킬로미터다. 아침 10시에 나서면 얼추 12시 즈음에 도착한다. 단골 가게에 들러 떡과 커피로 점심을 때운다. 문제는 그 이후다. 배가 불러 나른해진 몸으로 43킬로미터를 되짚어가려면 꾀가 난다.

눈앞에 양수역이 떡 버티고 있으니, 전철에 올라타면 편안하게 갈 수 있다. 10분쯤 고민하다가, 페달을 힘차게 돌리면서 유혹을 떨쳐 버린다. 여기까지 떡이나 먹으러 온 게 아니잖아. 지구력과 근력을 키우러 온 거다. 내 운동 사전에 점프란 없다!

살면서 왕왕 유혹하는 소리를 듣는다. 개미처럼 노동하지 않고도 큰돈을 버는 방법이 있단다. 경매로 부동산 사서 굴리기. '단타'로 주식 사고 팔기. 카지노에 가서 도박하기. 다단계로 사람들 끌어들이기. 아니면 순진한 사람들 등쳐먹기. 그런 차원으로 보자면, 애당초 난 큰돈 벌기는 글렀다. 강북 구석의 아파트에서 18년째 거주. 10여 년 넘도록 묵힌 펀드. 라스베이거스에서 고작 10달러를 따자마자 그만둔 소심이. 내 돈 주고 로또를 사 본 건 딱 한 번. 사기를 치기는커녕 안 당하는 게 이상한 쪽이다.

요즘 말로 '존버'에 가깝다고 해야 하나? 운동 역시 그런 성향에 딱 맞는 것만 재밌다. 꾸준히 해야만 큰 효과를 보는 지구력 운동이다. 걷기, 달리기, 수영, 자전거, 배드민턴. 흠, 이번 생은 별수 없네. 그냥 생긴 대로 살다 가야지. 그나마 귀가 팔랑대지 않아서 한숨 놨지 뭐냐.

유식한 체하거나 나른한 감상에 빠지지 않고, 시류를 야무지게 그려 내는 장류진 작가. 『달까지 가자』를 읽는 내내 오금이 저렸다. 나는 상상도 못 할 '코인' 롤러코스터에 타고 점프를 꿈꾸는 젊은 여성들이 순식간에 고꾸라질까 봐서. 덕분에 '존버'라기보다, 천하의 '쫄보'라는 걸 확인한 셈이지만.

서로 어깨를 두르거나 손을 잡고
함께 걸어도 좋지만
우선은 혼자 잘 서야 하지 않는가.
나에게 사람 인의 두 획은
넓게 벌린 발이다.
씩씩하게 걸어가는
한 사람의 다리 말이다.

무루, 『이상하고 자유로운 할머니가 되고 싶어』(어크로스, 2020)

혼자서 잘 노는 편이다. 쇼핑을 하거나 영화를 보는 건 물론, 식당에서 혼밥도 거뜬하다. 자가 격리를 했을 때도 심심하진 않았다. 밖에 나가 운동을 못하는 게 힘들었을 뿐이다. 이쯤 되면 꽤 독립적인 인간 아닌가. 혼자서도 얼마든지 잘 살 수 있다고 큰소리쳤다. 호시탐탐 집에서 벗어나볼 기회만 노렸다.

딱 맞춤한 레지던스를 발견하자마자 '혼자 살기 30일 프로젝트'를 감행했다. 침대와 옷장, 책상, 싱크대가 있는 작은 원룸만으로 충분했다. 눈이 떠지면 일어나 조깅으로 하루를 열었다. 간단한 요리로 식사를 때웠다. 종일 책을 읽거나, 몰입해서 글을 썼다. 외출했다 늦는 날에도 저녁 끼니를 걱정할 필요가 없었다. 나만 생각하고 나만 위하면 되는, 이기적이고 자의식 충만한 날들이 흘러갔다. 혼자 있으니 이토록 한갓지구나.

그런데, 딱 열흘 만에, 가족과 둘러앉아 먹는 식사가 그리워졌다. 아니, 고백하자면 이미 전부터 카톡으로 일상을 공유하고 있었다. 이리 외로움을 타서야, 혼자 살기는 틀렸구나. 정해진 기간이라, 여행을 온 것처럼 즐겼던 거다. 돌아가면 맞아 줄 가족이 있으니, 겁 없이 지냈던 거다. 혼자 놀기와 살기는 완전히 다른 얘기였다. 몰랐던 본인의 성향을 깨달은 것이, 이번 프로젝트의 성과랄까.

베스트셀러에는 다 이유가 있는 법. 나와 달리, 작가 무루의 '혼삶'은 단아하고 꿋꿋했다. 재미난 독거노인이 될 거라고 선언하는 비혼 여성에게 어찌 반하지 않을까. 상상하긴 싫지만, 언젠가 내게도 혼자 살아야 할 시간이 찾아올지 모른다. 홀로 되신 두 어머니가 다부지게 이어가는 일상을 지켜보면서 용기를 얻곤 한다. 이왕이면 나는 혼자서도 잘 노는 할머니가 되고 싶다. 미리 연습 삼아 '혼자 놀기 일주일 프로젝트'나 자주 해 보련다. 흐흐.

나는 미술관에서 나올 때마다
다리가 아프다.
별생각 없이 들어갔다 하더라도
그림을 보게 되면
진이 빠질 만큼
이리저리 걷기 때문이다.

윤광준, 『심미안 수업』(지와인, 2018)

070

혼자 여행하는 스케줄에는 대개 미술관을 끼워 넣는다. 그 도시가 지닌 역사와 품격 그리고 개성을 복합적으로 경험할 수 있기 때문이다. 미술관을 찾아가는 여정 자체가 또 하나의 여행이 된다. 겨울 나라에 놀러 왔다가, 더 깊숙한 얼음 궁전에 들어가는 느낌이다. 전시된 그림뿐 아니라 건축물이 품은 아우라, 같은 목적으로 찾아온 사람들 구경까지 완벽한 패키지를 이룬다. 그림을 다 보고 난 뒤 진이 빠졌어도 걱정 없다. 에너지 음료처럼 다시 활력을 일으켜 줄 굿즈가 기다리고 있으니까.

한 시간 넘게 줄 서는 것조차 설렜던 피렌체의 우피치미술관. 발상부터 실천까지 몽땅 파격이었던 런던의 테이트모던. 하얗게 쌓인 눈 속에 섬처럼 자리 잡은 삿포로의 예술의숲. 텅 빈 네바다 사막에 거꾸로 박힌 폐차가 캔버스를 대신한 자동차의숲.

괴이하면서도, 놀이동산에 들어간 것처럼 정신을 쏙 빼놓는 미술관도 가 봤다. 스페인이 낳은 천재 아티스트 살바도르 달리. 누구나 한눈에 알아보는 존재감을 자랑하며, 바르셀로나의 광고판 곳곳에서 콧수염 난 얼굴을 내밀었다. 차로 두 시간쯤 달리면 닿는 피게레스에 달리미술관이 있단다.

건물 위에 커다란 달걀을 심어 놓은 외관부터 범상치 않았다. 「천지창조」를 패러디 한 거대한 천장화. 꿈속에 등장한 외계인을 그린 것 같은 스케치. 예의 그 늘어지고 흐늘거리는 인체와 사물들. 골똘히 들여다봐도 이해 불가능한 조각들. 자서전을 읽어 봐도 천재인지 아니면 광인인지 여전히 헷갈리는 인물의 미술관다웠다. 이 시골구석까지 사람들을 찾아오게 만드니, 엄청난 마케터인 것만은 분명하다. 거울의 방을 헤매다 나온 것처럼, 육체와 정신까지 달리에게 탈탈 털렸다. 내게 스페인은 그 기억으로 남아 있다.

제일 나쁜 자세는

한 자세로

가만히 오래 있는 것입니다.

그러니 움직이세요.

071

이우제, 『남의 체력은 탐내지 않는다』(원더박스, 2020)

건강검진을 받는데 부쩍 겁이 났다. 역시나 여기저기 조금씩 고장이 났다. 다만 조직 검사를 해야 할 만큼 심각한 증상은 없단다. 휴, 한고비는 넘겼구나. 하긴 50년 넘게 혹사시킨 몸이니 멀쩡하면 이상하지. 여든세 살 시어머니나 일흔여덟 엄마는 대단한 거다. 그 연세까지, 병원 신세를 오래 질 만큼 편찮은 적이 없다.

가만히 보면 두 어머니에겐 공통점이 있다. 많이 움직인다는 거다. 잠시도 몸을 가만두지 않는다. 노인네들이 에너지가 넘쳐 그러겠는가. 본인이 더 움직여야 자식들도, 남들도 편안하다는 걸 알기 때문이다. '당신 몸 힘든 줄 모르고 저러지' 싶다가도, 결국 그것이 두 분의 건강 비결이라는 걸 알았다. 손주를 봐 주시던 50대에는 더 활발하셨다. 그 정도로 움직여야, 70대까지 끄떡없이 몸을 쓸 수 있는 거다.

편집자들은 대개 나쁜 몸 버릇을 키운다. 책상에 앉아 원고를 보기 시작하면 잘 일어서지 않는다. 화장실 가는 걸 참아서 방광염에 걸리기도 한다. 다리를 꼰 채로 움직이지 않아 골반이 비틀어진다. 거북이처럼 내민 목으로 계속 모니터를 쳐다보거나, 마우스 잡은 손을 쉬지 않는다. 줄기차게 커피를 마신다. 결국 나이 든 편집자 인생에 남는 것은 나빠진 시력과 다양한 직업병뿐이다. 앉아서 일하는 직장인들 신세도 별반 다르지 않다.

지금이라도 늦지 않았다, 후배들아. 자주 일어나서 자세를 바꾸자. 왜 애플워치에 '일어서기' 기능이 있겠는가. 그마저도 잘 하지 않기 때문이다. 틈날 때마다 목과 어깨와 허리를 돌리자. 화장실 갈 때마다 물을 마시는 것도 좋다. 사무실 안을 왔다 갔다 하거나 계단을 오르내려, 최소한 만 보는 걷겠다고 마음먹자. 간식은 자청해서 사 오고, 점심은 일부러 먼 곳까지 걸어가서 먹자. 그대들이 건강해야, 좋은 책이 세상에 많이 나온다.

애들 좀 봐 줄 수 있을까?

금방 다녀올게.

영화 『로마』(알폰소 쿠아론 감독, 2018)

어느 정도 자유로워진 50대 동료들을 만났다. 다들 얼마 전까지 치열하게 일하던 직장 맘이었다. 나름대로 힘든 시절을 보냈지만 의견은 하나로 모아졌다. 요즘 같은 코로나 시국이었다면, 그렇게 일하지 못했을 거라고. 봐 주는 사람이 있다면 모를까, 아이만 집에 둔 엄마 마음은 시커먼 늪 속과 다름없다.

살림하는 엄마들 역시 고생스럽기는 마찬가지다. 아이들이 학교에 가야 휴식일 텐데, 쉴 틈 없이 먹고 치워야 할 게 뻔하다. 오죽하면 '돌밥'(돌아서면 밥)이라는 신조어가 생겼을까. 먼저 살아 본 선배로서 딱 부러지는 조언을 해 주고 싶다만, 어느 쪽이 현명한 건지 여전히 잘 모르겠다.

유일하게 해 줄 수 있는 말은 두 가지다. 시간이 해결해 준다는 거. 찰리 채플린의 말처럼, 지금은 눈앞의 상황이 비극처럼 보이겠지만, 곧 희극처럼 느껴지는 시기가 온다. 또 하나, 암튼 체력을 키워 두어야 한다. 그래야 일을 계속 하든 아이를 돌보든, 도움이 된다. 사랑하는 마음만으로는 스트레스를 다 견딜 수 없다. 정신과 육체는 유기적으로 연결되어 있기 때문이다.

입주 가정부 클레오는, 일하는 엄마 소피아 대신 살림하며 네 아이를 돌본다. 아침에 일어나서 한밤중이 되도록, 잠시도 앉지 못하고 종종댄다. 아기를 유산한 몸으로 주인네 여행까지 따라간다. 그의 노동 없이는 단 하루도 가정이 제대로 굴러가지 않기 때문이다. 그런 편협한 시각으로 영화『로마』를 봤다. 이탈리아 로마를 먼저 떠올릴 수도 있는데, 영화의 배경지는 멕시코다. 지명이 같아 헷갈리지만, 어찌 보면 썩 어울리는 제목이 아닌가. 로마 문명이 꽃을 피운 뒤편에는, 쉼 없이 걸으며 허드렛일을 한 노예들이 있었으니까.

It was here on this floor

that I learned to crawl

이 바닥에서 기어 다니는 걸 배웠어요.

And I took my first steps

in the upstairs hall

위층 복도에서 첫 발을 뗐죠.

노래 「House I Used to Call Home」(윌 제이, 2021)

어머! 눈을 맞추네?

와! 목 가누는 것 좀 봐.

헉! 뒤집었다!

세상에, 긴다, 겨!

얘 좀 봐, 언제 왔대?(보행기)

엉? 너 어떻게 일어났니?

하나아! 두울! 아이고, 장해라.

태어나서 혼자 첫발을 떼기까지, 아기는 기적 같은 순간들을 선사한다. 부모란, 그 경이로움을 코앞에서 목격하는 행운아다. 오디션 프로그램 『슈퍼밴드2』에서 흘러나오는 노래 「House I Used to Call Home」을 듣는데, 세월의 흐름에 코끝이 찡해졌다. 나도 모르게 장성한 아들의 얼굴을 '기적처럼' 쳐다봤다.

땡볕 한 줄기 쪼이지 않고,

찬바람 맞지 않는 일을 하는 나도

노동자라는 말을 해도 되는 것일까

뒷걸음치게 된다.

정은령, 『당신이 잘 있으면, 나도 잘 있습니다』(마음산책, 2021)

아침에 집을 나설 때마다 만나는 분이 있다. 우리 동 주변을 청소하시는 아주머니다. 얼추 내 또래로 보여, 반갑게 인사를 나누곤 한다. 이런저런 간식을 나눌 때도 있다.

참 이상하지. 외출복 차림일 때는 괜찮다. 그런데 운동복을 입거나 자전거를 들고 만나면, 발걸음이 빨라진다. 얼른 그 분 시야에서 벗어나고 싶기 때문이다. 대체 이 감정의 정체는 뭘까.

『마녀체력』에 자극받은 이들 중엔 나 같은 고학력 여성이 많을 것이다. 그나마 책 읽을 여유가 있고, 실천할 능력을 지닌 사람들. 반면 육체노동으로 생계를 꾸리는 이들이나 장애인 가족을 돌보는 여성에게, 하루는 고되다. 운동은 언감생심 사치일지 모른다. 그래서 '뜨끔'하는 거다. 타인에게 피해를 끼치거나 큰 부를 누리는 건 아니지만, 어쩐지 혼자만 잘 사는 것 같아서.

내 노력이나 능력만으로 살고 있는 게 아니다. 운이 좋았고, 혜택을 받은 세대다. 그러니 양심을 벼리고, 추하게 늙지 않도록 알람을 켜 둬야 마땅하다. 남의 고통에 귀 막지 않아야 할 업보를 지녔다. 화려하진 않아도 묵묵히 자기 위치에서 그런 자의식을 내비치는 동년배의 글은 늘 반갑다. 권석천의 『사람에 대한 예의』나 정은령의 『당신이 잘 있으면, 나도 잘 있습니다』가 그랬다. 빛깔은 다르지만, 두 책은 내게 같은 초록으로 보였다.

정은령 작가는 일간지 출판 담당 기자였다. 만난 기억은 없지만, 책으로 스치는 인연을 맺었으리라. 에필로그까지 읽고 나서야, 『마녀체력』이 '절대 몸치'인 이분에게도 작으나마 영향을 끼쳤다는 걸 알았다. 지금 자리에서, 할 수 있는 일들을 성실히 하는 게 내 업보인가 싶다. 청소하는 노동자에겐 간식을 드리고, 책상 앞의 노동자에겐 자극을 드리고.

어? 요즘 아주머니가 자전거를 배우나 싶더니 슬슬 타고 다니시네? 와, 자전거 만세다!

서핑에 매진하는 사람은

다음 주 화요일 오후 2시에

서핑을 하러 가는 계획을

잡는 것이 아니라

파도와 조수와 바람이 완벽할 때

서핑을 간다.

이본 쉬나드, 『파타고니아, 파도가 칠 때는 서핑을』(이영래 옮김, 라이팅하우스, 2020)

075

철인3종을 즐기는 교사가 학부형에게 이런 소리를 들었단다. 담임이 힘든 운동을 하면, 애들을 가르치는 데 소홀하지 않겠냐고. 내 참, 지나가던 개가 방귀 뀌는 소리를 다 듣네. 산을 좋아하는 후배도, 주말에 산을 타려고 금요일에 큰 배낭을 메고 출근하면 상사가 눈치를 준다나. 하긴 회사 다닐 때는 나도 가급적 까매지지 않으려고 신경 썼다. 운동하는 걸, 마치 노는 데 전념하는 것처럼 보는 시선이 존재하기 때문이다.

내 경험으론, 운동을 해서 체력 좋은 사람이 일도 잘했다. 똑같이 주어진 24시간을 쪼개서, 피곤한 몸을 움직이겠다고 맘먹은 이들이 아닌가. 익스트림 스포츠는 부상당할 위험은 있지만 그만큼 즐거움도 크다. 생활이 훨씬 짜릿해진다. 집에서 하루 종일 뒹굴뒹굴하는 것과는 삶의 에너지가 다르다.

학창 시절에, 운동을 즐기는 에너자이저 선생님을 만났더라면. 운동장으로 나가 놀라고 볶아 대는 선생님이 계셨더라면. 나와 친구들의 가치관에 큰 영향을 끼쳤을 거다. 그런 흑심을 품고, 교육청이나 학교에서 강의를 요청하면 무조건 달려간다.

'파도가 칠 때는 서핑을' 하라고 직원들을 독려하는 회사가 있다. 등반 장비와 의류를 만드는 파타고니아다. 설립자 이본 쉬나드 본인이 전설적인 등반가요, 서퍼다. 누구보다 운동이 일에 끼치는 효과를 잘 아는 것이다. 걷기 또한 다르지 않다. 잔뜩 흐리던 날씨가 갑자기 개면, 나도 모르게 맘이 급해진다. 일을 멈추고, 햇볕을 쬐고 싶어 견딜 수가 없다. 프리랜서의 몇 안 되는 특권이니, 그럴 땐 즉각 집을 나선다.

"환경 위기를 해결하는 데 도움을 주기 위해 사업을 한다"는 파타고니아의 사명 선언문은 근사하다. 야생의 자연을 즐기는 이들은 의도치 않아도 환경운동가가 될 수밖에 없다. 오래 누리고 싶다면 당연히 아끼고 지켜야만 하니까.

숲에서 길을 잃었을 때

가장 위험한 건

갈피를 잡지 못하고

이리 갔다 저리 갔다 하는 것이다.

윤을, 『나는 도망칠 때 가장 용감한 얼굴이 된다』(클레이하우스, 2021)

076

내 성격의 강점은 두 가지다. 하나는 판단과 선택이 빠르다는 것. 다른 하나는, 일단 저지르고 혹시 잘못되더라도 후회하지 않는 것. 보는 각도에 따라, 동전의 양면처럼 단점이 될 수도 있겠다. 찬찬히, 신중하게 결정하지 않는 버릇이니까. 뭘 잘못했는지 곱씹기보다는 합리화시키는 태도이기도 하다. 그런데 혹시 아실는지? 바로 그런 성격 덕분에 행복 지수가 높다는 사실을.

인생의 중요한 선택부터 하찮은 물건을 사는 것까지, 길게 고민하지 않는다. 선택지를 넓히고 시간을 끌수록, 머리만 복잡해지니까. 기준이나 가치관이 비교적 확고한 편이다. 지금껏 길러온 촉과 직관의 힘을 믿는다. 이왕 선택했다면, 뒤는 돌아보지 않는다. 마치 그 수밖에 없었던 사람처럼 밀고 나간다. 그러다가도 영 잘못된 길이라는 판단이 서면? 그때는 또 후딱 멈춰 서서, 다른 길을 모색한다.

천하의 점쟁이가 아닌 이상, 족집게처럼 늘 좋은 선택만 할 수는 없다. 그래도 시작조차 안 하고 망설이는 것보단 뭐라도 하는 게 낫다. 그 '뭐라도'에서 다른 가지가 뻗어날 수 있으니까. 가장 큰 문제를 일으키는 상황은, 뭔가 잘못된 것 같은데 마냥 참고 버티는 게 아닐까? 그럴 때는 얼른 '도망'치라고 작가 윤을은 말한다. 눈웃음이 귀여웠던 꼬마 편집자 후배가 훌쩍 성장해서 출판사를 차렸다. 직접 쓴 글을 첫 책으로 냈으니, 멋진 데뷔다.

언제 도망쳐야 하냐고 묻는다면, 내 빠른 판단 기준으론 이렇다. 아픈데 미련하게 견디고 있을 때. 자존감이 무너지는데 그냥 내버려 두고 있을 때. 자유롭지 못한데 참아 내고 있을 때. 이런 상태에선 하루라도 빨리 도망치는 게 상책이다. 중간에 잡히지 않으려면, 뒤돌아보지 말고 냅다 뛰어야 한다. 아! 동전의 양면처럼, 나약한 도망은 용감한 탈출이 되기도 하는구나.

희망이란 원래
있다고도 할 수 없고
없다고도 할 수 없다.
그것은 지상의 길과 같다.
원래 지상에는 길이 없었다.
가는 사람이 많아지면
길이 되는 것이다.

루쉰, 「고향」, 『루쉰독본』(이욱연 옮김, 휴머니스트, 2020)

077

1984년, 수많은 사람들이 한꺼번에 숟가락을 문질러 댄 적이 있다. 나와 연식이 비슷한 분들은 기억날 거다. 미국에서도 이름을 날렸던 '유리 겔라'라는 초능력자. 그가 한국까지 찾아와 방송에 출연해서, 다들 직접 해 보라고 시켰다.

지금 되짚어 보면 숟가락 목을 구부리는 초능력이란 얼마나 시시한가. 게다가 나중에 형상기억합금을 이용한 사기로 드러나기도 했단다.(그때 방송한 내용이 유튜브에 올라 있으니, 웃음이 필요하신 분은 찾아보시길.)

당시 시니컬했던 고등학생답게, 사회자부터 방청객, 온 시청자까지 숟가락에 몰입하는 행위가 우습기만 했다. 다만 한 가지 그럴듯했던 건 따로 있다. "많은 사람이 간절히 원하면 이루어진다"라는 그의 주장이었다. 마치 우주의 기운을 모으듯 동시에 텔레파시를 보내면, 보이지 않는 염력이 발휘된다는 말이 아닌가. 어쩌면 사람들은 숟가락 따위가 아니라, 그런 말도 안 되는 기적을 믿고 싶었던 건지도 모른다.

'희망'을 '지상의 길'에 비유한 루쉰의 말을 좋아한다. 여럿의 발걸음이 수없이 반복되면 결국 없던 길이 열린다는 말. 같은 방식으로 생각하면, 불가능하리라 여겼던 일에 희망이 생긴다. 아무런 무기 없는 힘없는 약자에게도, 다같이 어깨를 걸면 빛이 보인다는 격려로 들리지 않는가.

나는 다리를 절름거리다
몇 시간 만에
걷지도 못하게 되었다.
땅에 발을 딛기만 해도
끔찍한 고통이 전해져 왔다.

남궁인, 『제법 안온한 날들』(문학동네, 2020)

아무런 조짐도 없었다. 전날 잠을 못 잤거나, 몸이 찌뿌드드했다면 조심했을 거다. 오히려 컨디션이 좋다 못해 트램펄린 위에 떠 있는 듯했다. 부상은 꼭 그렇게 방만할 때 찾아온다. 높이 뜬 콕을 치겠다고 뒤로 한참 물러나다가 벽에 부딪혀 주저앉았다. 뒤틀린 발목이 무섭게 부풀어 올랐다. 한 발자국도 걸을 수가 없었다. 남편 등에 업혀서 정형외과에 들어섰다. 운동복 차림으로 실려 온 환자를, 간호사들은 무심히 맞았다.

엑스레이를 찍어 보니, 뼈가 부러지거나 인대가 파열되진 않았다. 그래도 상처는 깊었고, 잘 낫지 않는 부위였다. 오전에는 정형외과에서 물리치료를 받았다. 오후에는 한의원에 가서 침을 맞았다. 집 근처라 차를 타기엔 애매한 거리였다. 하루에 두 번, 지팡이를 짚고 절뚝거리며 나섰다. 걸음은 한없이 느려 터졌고, 길은 끔찍이도 멀었다. 평소 지루하던 신호등은 왜 저렇게 빨리 바뀌나. 주위 사람들이 온통 나만 쳐다보는 것 같았다.

게다가 두 병원 다 오래된 건물의 2층이었다. 층계 난간을 잡고 오르내리는 신세가 한심해서 눈물이 날 것 같았다. 당연하게만 여겼던 발목이 얼마나 중요한 부위인지, 절실히 깨달았다. 일상생활은 물론, 모든 운동의 일등 공신이 바로 너였구나. 가느다란 뼈와 인대와 근육으로, 그동안 잘도 버텨 줬구나.

축구를 하다 무릎을 다친 남궁인 작가. 때마침 그 부분을 실감 나게 읽었다. 체력만 믿고 기고만장하던 나와 비슷한 심경이었다. 환자를 치료하는 의사가 다쳤으니 더 어이없었을 거다. 그 역시 거의 울부짖으며 4층 집까지 계단을 올라가야 했다. 두꺼운 주사기 바늘을 앞에 두고, 속으로 제발 살려달라고 빌었다. 보행자로서 당연하게 누리던 것들이 당연하지 않은 것이 되며, 일순간에 교통약자가 되었다. '안온한 날들'이 멈춰야만, 비로소 알게 되는 것들이 있나니.

내비게이션을 찍고

골목길을 올라가는데

책방이 어떻게 이런 곳에 있을 수

있나 하는 의문이 드는 위치였다.

이런 공간은 문을 열고 들어갈

때부터 설렌다.

하지현, 『정신과 의사의 서재』(인플루엔셜, 2020)

079

취향이 비슷한 이들과 노는 건 즐겁다. 이번 부산 여행이 그랬다. 좋은 걸 천천히 음미할 줄 아는 사람들과 함께였다. 일행에 부산을 잘 아는 이가 있어, 따라만 다니는 호강을 누렸다.

주요 코스 중 하나는 영도 흰여울 마을이었다. 좁은 골목을 누비며 '손목서가'를 찾았다. 사진 찍는 손지상과 시 쓰는 유진목 부부가 운영하는 책방이다. 여기서도 책을 팔 수 있구나 싶을 만큼 작은 공간이었다. 코앞에 바다가 보이고, 고양이가 어슬렁대고, 진한 커피 향이 공간에 가득했다. 2층의 좁은 테이블에 끼어 앉아, 나른한 오후를 흘려보냈다.

어떤 이는 이해하지 못할 것이다. 화려한 볼거리를 두고, 이 허름한 구석까지 찾아가는 이유를. 책을 둘러보고 커피를 홀짝이는 설렘을. 우리야 편집자니 그렇다 치고, 다른 사람들은 뭐에 끌리는 걸까. 1년에 200권 가까이 책을 읽고, 꼼꼼히 서평을 쓰는 분의 말씀은 이렇다. 『허영만의 백반기행』처럼, 숨은 맛집을 찾아 백반을 먹으러 가는 기분이라나. 정신과 전문의 하지현 선생은 그 미묘한 맛에 반해, 여행 때마다 동네 책방에 들른다고 한다.

『정신과 의사의 서재』는 소문으로만 듣던 '독서광'의 내공을 제대로 보여 준다. 1년의 독서 지도를 그리고, 참고할 책을 정리하며, 명예의 전당에 보관하는 방식을 보면 '형님'으로 모시고 싶다. 출판 전문 잡지까지 구독한다니, 편집자들은 정신을 바짝 차려야 한다. 응원하고 싶은 책을 노출하려고 애쓰는 '우호적 독자의 행동 강령'에선 "아이고, 졌다!" 소리가 절로 나온다.

머릿속에 그토록 책을 집어넣으니, 손끝으로 글이 줄줄 나올 수밖에. 독서가는 반드시 쓰게 된다는 믿음의 산증인이랄까. 불러만 주면 언제든 찾아가 북토크를 하겠다는 준비된 저자. 동네 책방 쥔장들, 귀한 기회를 놓치지 마시길.

우리는 어둠 속에서

다시 길 위에 섰는데,

당연히 아무도 멈추지 않았고

지나가는 차도 거의 없었다.

그 상태가 새벽 3시까지 계속됐다.

잭 케루악, 『길 위에서』(이만식 옮김, 민음사, 2009)

080

중년 여성 혼자 다니는 국내 여행은 그다지 재미없다. 외국이면 모를까, 숙박하거나 식당에서 밥 먹는 일이 녹록지 않다. 지방으로 강연하러 가면, 대개는 곧장 서울로 되돌아오곤 했다. 그런데 안동에서만은 호젓이 머물다 오고 싶었다. 세계문화유산으로 등재된 곳이 세 군데나 있는데, 부끄럽게도 초행길이었다. 길치가 대중교통으로 돌아다니려면, 동선과 시간을 잘 짜야 했다.

안동 MBC에서 강연을 끝내자마자 거추장스러운 옷과 구두를 벗어 던졌다. 제일 먼저 들른 곳은 봉정사. 숙박을 예약해 둔 '죽헌고택'과 가까웠다. 영국 여왕이 다녀간 것을 기념하는 '퀸엘리자베스 로드'를 따라 걸었다. 오래된 목조 건물인 극락전을 만났다. 따끈한 온돌방에서 푹 자고 일어나, 툇마루에 앉아 조식을 먹었다. 프랑스에서 왔다는 외국인 가족과 찡긋 눈인사를 나눴다.

카트를 빌려 타고 하회마을 구석구석을 돌아다닐 때까지, 모든 게 완벽했다. 문제는 하회마을에서 병산서원으로 갈 방법이 없다는 거다. 택시를 부르면 될 줄 알았는데, 빈 차가 없었다. 4.6 킬로미터 떨어져 있다니, 에라, 걸어서 가 보자. 갈수록 낯선 도로 풍경은 삭막했고, 배낭은 점점 어깨를 짓눌렀다. 계속 가야 할지 돌아서야 할지, 막막하기 그지없었다. 무슨 배짱일까, 걸음을 멈추고 달리는 차들을 향해 엄지손가락을 세웠다.

기적처럼 차 한 대가 멈춰 섰다. 중년부부였고, 마침 병산서원으로 간단다. 후드 티 차림에 모자를 눌러쓴 나를 젊게 본 듯했다. (분명 내 나이가 더 많겠지만.) 걸어서는 도저히 가기 힘든 비포장 도로를 통과하면서, 얼마나 가슴을 쓸어내렸는지 모른다.

자유로운 영혼, 무전여행, 낭만, 젊음, 무계획의 상징인 히치하이크. '안동' 여행은 쉰 넘은 '중년' 여성에게 '잭 케루악'의 치기를 선사했다. 하핫! 정말 어울리지 않는 조합이로다.

우리는 가지 않은 길에 대해
말을 한다.
그러나 가지 않은 길을 가는 법에
대해선 이야기하지 않는다.
가지 않은 길을 걷는 것에 대해,
그 출발점의 모습에 대해
황홀하게 이야기하는 것이
다시 시작하는 것의 시작이다.

정혜윤, 『사생활의 천재들』(봄아필, 2013)

글을 읽다 보면, 글쓴이가 대충 어떤 사람인지 그려진다. 정혜윤 PD가 여기저기 쓴 글을 찾아 읽으면서, 머릿속에 그려본 모습은 이랬다. 낡은 청바지에 운동화를 신고, 두꺼운 안경에다 머리를 깡똥 묶은 씩씩한 여성.

『김어준의 저공비행』 같은 굵직한 프로그램을 만들었으니, 과거에 '운동'깨나 했을 것이다. 식당에 앉거나 버스를 기다릴 때도 책부터 꺼내는 '책벌레'라고 했다. 뭣보다 고전과 인문을 아우르는 독서 수준이 남달랐다. 세상과 사람을 바라보는 시선에 선한 희망이 넘쳤다.

CBS 로비에서 처음 그를 만났다. 보자마자 하마터면 '헉!' 소리가 튀어나올 뻔했다. 편집자로서 '감 떨어졌구나' 싶어 쥐구멍에 숨고 싶었다. 내가 상상했던 모습과 단 한 군데도 일치하지 않았다. 눈에 띄도록 부풀린 파마머리, 새까만 피부와 진한 마스카라, 어깨 끈에 매달린 하늘거리는 원피스, 길쭉한 다리에 굽 높은 샌들. 게다가 콧소리마저 가득 들어간 목소리였다.

써내는 글과 외모의 반전이, 오히려 큰 매력을 전해 주는 사람이었다. 독자들도 나와 똑같이 느낄 것 같았다. 우리의 섹시하기 그지없는 첫 책 『침대와 책』은 그렇게 탄생했다.

11년이 지난 후, 다시 CBS로 정혜윤 PD를 만나러 갔다. 이번엔 『마녀체력』 작가로, 그가 만든 프로그램에 출연하러 나간 것이다. 우리는 서로의 책에 사인을 주고받으며, 재회의 기쁨을 나눴다. 변함없이 멋진 스타일을 고수하고 있었다.

내 책장에는 그가 쓴 여러 권의 책들이 거의 다 꽂혀 있다. 사랑과 품위를 수호하고, 약한 자의 소리에 귀 기울이는 현역 PD. 동시에 속 깊은 아름다운 작가로 오래, 꼿꼿이 걸어가기를.

아직 두 팔이 있잖아요.
뭔가 쓸 데가 있겠죠.

영화 『펭귄 블룸』(글렌딘 어빈 감독, 2020)

느닷없이 사고를 당해 두 다리를 못 쓴다면? 걷지 못할 거라는 생각은 꿈에서조차 해 본 적이 없다. 얼마나 대단한 오만인가. 존 바이든 대통령의 책상에 놓였다는 만화처럼, 나라고 비극의 주인공이 되지 말라는 법은 어디에도 없다. 왕성하게 몸을 쓰던 마녀체력이니, 어쩌면 그 고통은 남들보다 더 끔찍할 것이다.

샘도 그랬다. 산을 오르고, 파도를 타고, 튼튼한 몸으로 세상을 누비던 그가 어이없게도 옥상에서 떨어졌다. 태국 호텔의 오래된 난간은, 어느 누가 기댔더라도 무너졌을 것이다. 하루아침에 하반신을 쓰지 못하게 된 엄마. 더구나 그에겐 돌봐야 할 어린 세 아들이 있다. 일상이 무너진 가족에게 희망을 되찾아 주는 주인공은 한 마리 까치다.

깜찍한 새의 활약보다, 내게 찌리릿 자극을 준 건 오히려 '카약'이었다. 비록 걷지 못해도, 샘에겐 두 팔이 있었다. 집 안에만 갇혀 있던 그가 힘차게 노를 저으며 바다로 나갔다. 그 장면을 지켜보던 남편과 아이들처럼, 나도 모르게 입을 벌리고 웃었다.

몸을 많이 쓰면서부터, 부쩍 『펭귄 블룸』 같은 영화가 남의 일 같지 않다. 인간에게는 불굴의 의지 같은 것이 숨어 있는데, 유독 육체적인 극한 상황에서 발현된다. 불행의 배 속에 맥없이 삼켜지는 것이 아니라, 그 아가리를 비집고 나오려는 안간힘이 내겐 뭣보다 동기 부여가 된다.

배드민턴 클럽에는 시니어들도 몇 분 계시다. 아마도 젊은 시절에는 코트를 휘젓고 다니셨을 거다. 민첩성이 떨어지고 무릎 관절이 안 좋아졌는데도, 노익장을 과시한다. 그 대신 오래 다져진 경험과 기술이 있기 때문이다. 70대에도 여전히 젊은이들과 어울려 운동할 수 있다는 것. 그런 모습을 보여주는 것만으로도 좋은 자극이다. 그분들께서 버릇처럼 하시는 말씀이 있다.

"있을 때 잘하라고!"

이 도서관은

책을 찾는 곳뿐 아니라,

별 생각 없이 와서

서가와 서가 사이를

걸어 다니기만 해도

즐거운 장소로 만들려고 했습니다.

마쓰이에 마사시, 『여름은 오래 그곳에 남아』(김춘미 옮김, 비채, 2016)

083

책을 많이 읽는 문학소녀였지만, 도서관에 드나들진 않았다. 엄마가 집에 들여놓은 전집이 꽤 많았다. 대학 때 접한 웅장한 도서관은 주로 '공부하는 곳'이었다. 천성이 게을러서 아침 일찍 자리를 잡는 게 어려웠다. 나란히 앉아 공부할 남자 친구도 없었다. 메뚜기처럼 이리저리 쫓겨 다니던 안 좋은 기억만 남았다.

편집자로 살 때도 굳이 도서관까지 갈 일이 없었다. 강의하는 저자를 보필하러 따라다닌 게 고작이다. 회사를 퇴직하고 시간이 많아진 다음에야, 오롯이 책을 읽으러 도서관을 찾았다. 도심을 걸어 다니다, 고단한 몸을 쉴 수 있는 안식처이기도 했다. 정독도서관은 벚꽃이 풍성한 정원의 벤치가 좋았다. 종로도서관과 그 아래 어린이도서관은 언제 가도 자리가 넉넉했다.

작가가 된 뒤, 본격적으로 전국의 도서관을 돌아다녔다. 폐교를 근사한 책의 공간으로 바꿔 놓은 창원 '지혜의 바다' 도서관. 수영장과 나란히 있어 점찍어 둔 김해 '율하' 도서관. 전망 좋은 최고급 카페처럼 꾸민 전주 '꽃심' 도서관. 강연을 하며 독자를 만나고, 여행 삼아 도서관 구경까지 하다니, 이런 꿀 직업이 다 있나! 코로나가 극성인 요즘엔, 동네 숲속도서관을 운동 삼아 들락거리는 게 무한 즐거움이다.

최애 작가 중 한 명으로 새롭게 등극한 마쓰이에 마사시. 특히 『여름은 오래 그곳에 남아』는 건축, 음식, 자연, 문화, 음악이 총출동한 복합 예술 같았다. 아마도 작가가 다양한 분야에 관심을 가진 편집자로 오래 살았기 때문이리라. 내가 가장 몰입했던 테마는 단연코 '도서관' 건축이었다. 실제로 지어지진 않았지만, 소설의 묘사만으로도 가상의 '국립현대도서관'을 충분히 즐겼다. 그 여운이 내 마음에도 오래 남을 것 같다.

눈을 질끈 감고 커튼을 확 젖히고
뚜벅뚜벅 무대 위로 나간다.
생각보다 뜨거운 조명,
생각보다 더 부끄러운 내 벗은 몸.

스텔라, 『바디프로필 도전 1일차입니다』(행성B, 2021)

우리 집 거실에는, 30년 전 웨딩 사진이 '여전히' 걸려 있다. 버릴 수도 없는 큰 액자를 남들은 어디다 보관하는지? 풋풋한 신랑 신부가 착 달라붙어 웃고 있지만, 당시엔 어색해서 죽을 노릇이었다. 카메라 앞에서 포즈를 취하는 건 내 적성에 맞지 않았다. 일생에 한 번뿐이라니, 꾸욱 참았다. 결혼식 내내, 이 행사가 빨리 끝나기만을 바랐다.

결혼기념일이 돌아올 때마다 가족사진을 찍는다는 부부 얘기를 들었다. 아들을 가운데 앉히고, 서너 번쯤 시도해 보다 집어치웠다. 그만두길 잘했지, 해마다 찍은 사진을 죄다 어디에 걸어둔단 말이냐. 더더구나 닭살 돋는 리마인드 웨딩 사진은 내 사전에 없을 예정이다. 마녀체력인데, 최근 유행하는 바디프로필에는 관심 없냐고? 비키니만 입고 포즈를 취하는 사진? 도대체 그런 걸 왜 찍는 거지?

스텔라 작가가 책으로 답해 주었다. 네 아이의 엄마에게 바디프로필이란 어떤 의미일까. 출산과 육아와 살림으로 전쟁을 치르던 40대 주부. 세상에 기죽고 암울했던 그가 환경을 바꾸진 못했지만, 자기 몸을 바꿨다. 바디프로필은 100일간 치열하게 몸에 집중하고 노력한 흔적이었다. 어색하고 서툴러도 세상에 그 흔적을 드러내겠다는 용기였다. 종목만 다를 뿐, 내가 철인3종에 입문한 것과 똑같은 도전 아닌가. 아니, 훨씬 더 과감하다!

요즘의 나는 카메라만 들이대면 잘도 웃는다. 포토그래퍼에게 칭찬을 받을 정도다. 나이 들어 얼굴이 두꺼워졌나, 아니면 사진 찍히는 게 즐거워졌나. 둘 다 아니다. 이왕 찍을 거면 제대로 해서, 빨랑 해치워 버리고 싶기 때문이다. 아, 저자였던 강금실 변호사님이 알려준 팁을 잘 써먹는다. 사람은 활짝 웃을 때가 가장 예쁘단다. 무조건 웃어야 사진도 잘 나온다.

비에 젖은 이 거리 위로

사람들이 그저 흘러간다

흐르는 것이 어디 사람뿐이냐

우리들의 한 시대도

거기 묻혀 흘러간다

노래 「92년 장마, 종로에서」(정태춘, 1993)

정태춘, 『바다로 가는 시내버스』(천년의시작, 2019)

요즘 청춘들은 어떤 식으로 사랑 고백을 할까? 말로 전하는 게 가장 확실하겠지만, 큰 용기가 필요한 일이다. 우리 땐 카세트테이프에 노래를 담아 선물하곤 했다.

대학교 선배 하나가 부쩍 마음을 흔들었다. 그쪽도 나와 같은 심정인지 영 헷갈렸다. 망설이다가, 좋아하는 LP판에서 노래를 골라 테이프에 녹음했다. 정태춘, 박은옥이 함께 부른 「사랑하는 이에게」였다. 아쉽게도 짝사랑 고백으로 끝나 버렸고, 한동안 「촛불」을 들으며 이불 속에서 눈물을 찔끔댔다.

남편과는 좋아하는 노래 취향이 다르지만, 다행스럽게도 교집합이 있다. 서정적인 노래로 한 시대의 사랑을 받았던 가수 정태춘. 언젠가부터 그는 광장에서 노래하는 투사가 되었다. 그러다 무기력한 세상에 절망한 듯, 노래를 접고 칩거했다.

꼭 10년 만에 그가 새 앨범을 들고 나왔다. 우리 부부는 결혼 20주년 선물로, 일찌감치 콘서트 티켓을 예약해 두었다. 들뜬 마음으로 그날이 오기만을 기다렸다. 공연 전날, 거짓말처럼 시아버지 병세가 악화되었다. CD에서 흐르는 「바다로 가는 시내버스」를 들으며, 눈물을 머금고 티켓을 취소했다.

다시 7년이 흐르고, 가수 부부가 데뷔 40주년을 맞았다. 돌아가신 아버지의 추억을 나누면서, 이번엔 기어이 '날자, 오리배' 콘서트 현장에 앉았다. 머리가 희끗해지고 얼굴이 후덕해졌지만, 두 사람의 목소리는 고맙게도 변함이 없었다.

그날 내 마음을 가장 파고든 노래는 「92년 장마, 종로에서」다. 대학과 회사를 다니며 무수히 오갔던 종로 거리. 최루탄이 흩날리던 대로와 술에 취해 비틀거리던 피맛골. 깃발 군중은 사라지고, 청춘은 가 버리고, 오래된 술집도 무너졌다. 우리들의 한 시대마저 멀리 흘러가 버렸다. 같이 나이 드는 가수를 보며, 뭉클 눈물 짓는 관객 부부만 남았다.

안톤. 우리 내일은 따로 다녀볼까?

각자 하고 싶은 거 하다가

저녁에 만나자.

한비야, 『함께 걸어갈 사람이 생겼습니다』(푸른숲, 2020)

오랜만에 제주도를 찾았다. 책방에 북토크를 하러 간다는 구실이었다. 진짜 속셈은 눈 쌓인 한라산을 보는 거였다. 혼자 오르긴 심심할 것 같아서, 제일 만만한 남편을 꼬드겼다. 먼저 가서 일을 볼 테니, 나중에 합류하자고 했다. 예상대로 쉽사리 유혹에 걸려들었다. 남편 역시 한라산 공기가 그리웠을 테니까.

애월과 서귀포를 넘나들며 두 번의 북토크를 마쳤다. 사연 깊은 독자들의 응원이 흘러넘쳤다. 행복한 시간이었다. 공항으로 남편을 마중가기 전에, 신선한 회를 한 접시 떴다. 식당 문은 이미 닫았으니, 숙소에 들어가 편안히 먹기로 했다. 음악을 틀어 놓고 막걸리 잔을 기울이며, 이틀 만에 만난 회포를 풀었다.

다음 날, 한라산에 올라가려다, 즉석에서 새로 난 둘레길로 방향을 바꿨다. 아침 일찍 움직여 12킬로미터를 걸었다. 우연히 지나친 카멜리아힐에서 눈이 시리도록 동백을 구경했다. 에스프레소를 잘한다는 카페를 찾아가기도 했다. 마침 동지여서, 절에 들러 삼배를 했다. 산꼭대기에 자리 잡은 삼방굴까지 뻘뻘대며 올라갔다. 오래된 비자림 숲을 산책하는 것으로 여행을 마무리 했다.

부부가 죽이 잘 맞는다고? 같이 살아 온 세월이 30년이다. 무진장 싸우고 타협하고 배려해 온 결과다. 꽃다운 시절에 만나 흰머리가 나도록 서서히 무르익었다. 함께한 시간의 힘으로 남은 길도 잘 걸어가 보자. 신의 축복이 필요한 일이겠지만.

한비야 작가가 결혼을 했다. '바람의 딸'처럼 세상을 돌아다니다, 중년엔 재난 현장으로 달려가 봉사했다. 뒤늦게 공부를 시작하더니, 60세가 넘어서야 같이 살고 싶은 사람 안톤을 만났다. '안서방'과 '서울댁'은 서로의 나라를 오가며 '따로 또 같이' 부부생활을 이어간다. 젊을 때는 각자 치열하게 살다가, 늦은 오후에 만나 함께 걷는 두 분에게도 축복 있으라!

멈추지 마세요. 계속 움직이세요.

영화 『두 교황』(페르난도 메이렐레스 감독, 2019)

편집자 생활을 끝내겠다고 하니 아깝다는 사람이 많았다. 당시 선택지가 다양하지 않았다. 1인 출판으로 시작해, 점점 직원과 규모를 늘려가는 모양새. 그것이 대부분 편집자들의 희망 사항이었다. 이상하게 그럴 생각은 손톱만큼도 들지 않았다. 아예 새로운 분야로 진출하거나, 일을 안 하면 또 어떠리 싶은 배짱이었다. 번듯한 사무실과 명함, 동료가 사라졌지만, 미리 무명씨에 익숙해지는 것도 나쁘지 않았다.

높은 자리에 머물다 내려오는 사람일수록 그 공백이 두렵기 마련이다. 지위에 걸맞게 고뇌가 깊었다면, 남은 시간은 달리 살고 싶지 않을까? 새털 같은 권력조차 누려 보지 못한 자의 한심한 발상일까? 다행히 내 주위에는 자리에 연연하지 않고, 퇴직 후의 삶을 자기답게 꾸려 나가는 선배들이 건재하시다. 웅진씽크빅 CEO였던 김준희 대표는 취미로 시작한 인물화가 경지에 올랐다. 제일기획 최인아 부사장은 책방 마님으로 변신했다.

영화 『두 교황』을 보면서, 베네딕토 16세 쪽으로 애정의 추가 기울었다. 종신토록 머물 수 있는 권력의 자리에서 스스로 물러나는 용기가 어디 쉬운가. 비판하는 상대의 말을 귀담아듣고, 상처를 쓰다듬어 주는 관용은 더 어렵다. 나이를 먹어갈수록 안주하고, 타협하고, 고집을 부리는 것이 인간의 속성이다. 두 교황은 과연 신의 대리인답게 멈추지 않고, 변화하려 애쓰고, 잘못을 뉘우친다. 그 모습이 아름다워서 울컥 뜨거운 게 올라왔다.

앤서니 홉킨스와 조너선 프라이스라는 두 거장의 원숙한 표정 연기가 뛰어나다. 일반인에게 공개되지 않는 콘클라베 광경을 재현한 것만으로도 영화는 본분을 다했다. 다만 한 가지가 궁금하다. 두 교황더러, 멈추지 말고 계속 움직이라고 채찍질하는 만보기의 음성. 혹시 감독이 숨겨 놓은 중요한 메타포가 아닐까.

쓰다가 빨래를 널고

쓰다가 설거지를 하고

쓰다가 서랍을 정리한다.

나처럼 산만한 주부에게는

매우 생산적인 일과다.

한수희, 『무리하지 않는 선에서』(휴머니스트, 2019)

088

회사를 관두자 집에서 글쓰는 신세가 되었다. 여기저기서 꼬드김이 넘쳐 났다. 침대는 언제든 오라고 팔을 벌렸다. 리모컨만 누르면 넷플릭스가 손짓했다. 느지막이 아침을 먹었는데 돌아서니 또 밥때였다. 싱크대에는 그릇이 쌓이고, 빨래 바구니에는 옷가지가 넘쳐났다. 게다가 서서 일하는 책상으로 바꾼 뒤부터 오래 집중하지 못했다. 한 시간쯤 글을 쓰고 나면, 어쩔 수 없이 몸을 움직여야만 했다. (사실 그런 용도로 바꾼 책상이긴 하다.)

살림을 하는 건지 일을 하는 건지, 도무지 분간되지 않는 산만한 날들이 이어졌다. 어디 작은 사무실이라도 알아봐야 하나? 오랫동안 회사형 인간으로 살아온 무의식이 독버섯처럼 돋아났다. 이봐, 정신 차려. 집에서 일하는 혜택을 누려 보라고! 그게 뭔데? 낮잠? 간식? 잠옷 바람? 아니, 내게는 운동이었다.

아침에 눈을 떠서, 날씨가 좋으면 우선 걷고 왔다. 오후 시간에는 자유 수영을 즐겼다. 한가해서 호텔 수영장이 부럽지 않았다. 글감이 떠오르지 않을 때는 에라, 모르겠다, 자전거 페달을 밟으며 한강 공기를 쐬었다. 더 이상 내 삶에 9 to 6 따위는 없었다. 쓰다가 걷고, 쓰다가 수영하고, 쓰다가 자전거를 타고. 야호!

이제야 나를 알겠다. 집에 머무는 걸 좋아한다. 아침에 만들어 먹는 샐러드가 정말 맛있다. 커피를 내리고 통밀 빵 한쪽을 곁들이면 콧노래가 나온다. 점심은 현미밥에 마른반찬. 틈틈이 책을 읽고, 영화를 보고, 화분에 물을 주고, 스트레칭을 하고.

저녁쯤 살살 외로워지면, 퇴근할 가족을 기다린다. 간단한 요리를 해도 되고, 나가서 사 먹자고 떼를 쓰기도 하고. 밥 먹고 온다는 기별이 오면? 이게 웬 떡이냐, 간단히 끼니를 때운 뒤 요가를 한다. 대체 일은 언제 하냐고? 남는 시간에 알아서 한다. 그래서 먹고살 수 있냐고? 딱 먹고살 만큼만 일한다.

걷는 사람은
이제 더 이상
어떤 역할을 할 필요도 없고,
어떤 지위에 있지도 않으며,
어떤 인물조차 아니다.
걷는 사람은
단지 길 위에 널려 있는 조약돌의
뾰족한 끝 부분과
키 큰 풀의 가벼운 스침,
바람의 서늘함을 느끼는
몸뚱이일 뿐이다.

프레데리크 그로, 『걷기, 두 발로 사유하는 철학』(이재형 옮김, 책세상, 2014)

MBC 라디오 『여성시대』에 게스트로 출연했다. 생방송에다 보이는 라디오였지만, 내빼지 않았다. 양희은, 서경석 같은 분들과 한 자리에서 얘기할 기회가 얼마나 자주 오겠는가. 과연 간판 프로그램이다 싶게, 지인들로부터 인사가 쏟아졌다. "떨지 않고 술술 말을 잘한다"는 칭찬도 들었다.

남들 앞에 자주 서다 보면, 확실히 덜 긴장한다. 그래도 마이크를 잡는 일은 여전히 부담스럽다. 흔쾌하기보다는 겸연쩍다. 얼른 무대에서 내려가 방청객 틈 사이로 숨고 싶다. 내 안에 오랫동안 둥지를 틀어온 '내향이'와 '소심이'는 보기보다 힘이 세다. 입 좀 닥치고, 조용히 살자고 간청한다.

걔네들의 소리를 무시할 때마다 벌을 받는다. 일이든 수다든, 말을 많이 한 날은 에너지가 탈탈 털리기 때문이다. 누군가에게 빨대로 진액을 쪽쪽 빨아먹힌 것 같다. 영혼이 톱밥마냥 서걱거린다. 말로 남한테 뭘 팔아먹기는 진작에 틀렸다. 선생님은 오래 하지 못했을 거다. 면벽 수행하듯 글 쓰는 작가가 그만인데, 이걸 어쩌나. 쓰기만 해서는 어림도 없는 세상이 돼 버렸으니.

떠들어 대느라 방전된 심신은 걷기로 치유한다. 소음이 심한 도시의 거리는 별 효과가 없다. 푸르고 호젓한 나무들 사이를 오롯이 혼자 걷는 게 좋다. 실로 꿰맨 것처럼 입을 꾹 다물고, 말 없는 자연의 음향에 귀를 기울여야 한다. 그러다 보면 몸이 땀으로 젖고, 영혼은 침묵으로 촉촉해진다.

세상의 소문과 불평불만과 아우성에 잠시 귀를 닫는다. 튀어나오는 내 안의 허세와 교만함을 되돌아보며 입을 닫는 시간. 분명 혼자지만, 어느새 내 육체에서 분리된 영혼과 나란히 걷고 있다. 그 소리 없는 대화가 곧 글이 되고, 생각이 된다.

그럼 우리는 이따 저녁 6시쯤에

운하 시계탑 앞에서 볼까?

영화 『윤희에게』(임대형 감독, 2019)

090

삿포로에서 열차를 타면 40분쯤 걸리는 오타루. 영화『러브레터』촬영지로 유명한 곳이다. 허나 그건 못 가 본 사람들이 하는 얘기. 거기를 두 번이나 간 행운아가 바로 나다. 눈밭을 자박자박 걷던 기억은『윤희에게』를 보면 더 실감나게 소환된다.

특히 압권인 첫 장면은 몇 번이나 돌려봐도 질리지 않는다. 달리는 열차 옆으로, 아무런 기척도 없다가 훅하고 바다가 다가선다. 조용히 얘기를 나누던 승객들이 탄성을 지를 만큼, 지척에서 파도가 밀려온다.

강이라 하기엔 좁고, 개천이라 하기엔 넓은 운하. 건너편엔 운치 있는 옛 창고들이 줄지어 섰다. 운하 옆을 걷다 보면 한겨울에도 좌판을 들고 나온 아티스트들을 만난다. 그중 한 노인은 철사를 구부려, 순식간에 내 이름으로 깜찍한 브로치를 만들었다.

눈의 고장이라는 사실을 과시하듯, 내 키를 넘는 풍만한 눈사람. 기꺼이 걸음을 멈추게 하는 디저트 카페.『미스터 초밥왕』의 후예가 만든 스시를 내줄 듯한 초밥집. 들어서자마자 비현실적인 세상으로 이끄는 오르골당에선 한참이나 시간이 멈췄다.

윤희가 귀고리를 달아 보던 공예품 가게에서 나도 액세서리를 골랐다. 누구도 사지 않고 배길 수 없으리. 두 번째로 갔을 때는 행운이 겹쳐, '오타루 눈 등불 축제'를 만끽했다. 시퍼런 운하를 밝히던 노란 가로등 불빛. 얼음 안의 촛불은, 성냥팔이 소녀의 환상처럼 흔들렸다.

20년이 흘러도 서로 잊지 못하던 윤희와 쥰이 운하 시계탑 앞에서 만났다. 삶의 스산함과 고독의 더께가 내려앉은 서로의 얼굴을 단박에 알아봤다. 그간 화려한 역을 주로 맡았던 배우 김희애가, 제 나이의 꺼칠한 잔주름을 보여 줘서 더욱 좋았다. 남은 삶 동안, 오타루에 가는 행운이 다시 찾아오기를.

최근 연구를 통해

특히 '걷기 운동'이

유방암 발병률을 낮추며

암 취약 대상에게도 매우

효과적이라는 사실이 드러났다.

제니퍼 애슈턴, 『지금, 인생의 체력을 길러야 할 때』(김지혜 옮김, 북라이프, 2020)

"다들 건강검진 받았어? 유방 검사는? 초음파까지 했지?"

종종 만나는 선후배 모임에서 난리가 났다. 근심스러운 표정으로 서로의 건강을 챙기느라 부산을 떨었다. 얼마 전까지만 해도, 일이나 가족 얘기가 주된 화제였다. 평범한 기쁨과 사사로운 걱정을 나눴다. 같은 회사에서 만난 유능한 여성들이라, 자기 분야에서 야무지게 삶을 꾸려 나갔다.

그런데 이게 웬일이야. 길을 가다가, 떨어지는 벽돌에 정수리를 얻어맞은 기분이랄까. 머리를 부여잡고 위를 쳐다보는데, 이번엔 더 큰 화분이 떨어진 충격이었다. 갓 50이 된 동갑내기 후배 둘이 연달아 유방암 진단을 받은 거다. 암은 누구든 가리지 않고, 갑자기 이빨을 드러내며 물어뜯는다는 걸 살갗으로 느꼈다. 연약한 인간이 할 수 있는 예방이라곤 꼬박꼬박 건강검진을 받는 것, 아프거나 이상하면 즉각 병원으로 달려가는 일뿐인가.

『지금, 인생의 체력을 길러야 할 때』는 두리뭉실한 제목과 달리, 구성이 꽤 재밌다. 호기심 많고 실천력 강한 의사가 한 달에 하나씩, 건강한 습관 들이기를 실험한다. 뭐든 꾸준히 하는 게 힘든데, 한 달 정도면 도전할 만하다. 여성 건강 전문가인 저자는 유독 유방암에 관심이 많다. "미국 여성 8명 중 1명은 유방암 진단을 받기" 때문이다. 예를 들어 붉은 고기와 술은 유방암 발병률을 높인단다. 규칙적으로 운동하면 유방암을 막는 데 효과가 크단다.

암과 싸우는 사랑하는 후배들아. 아무리 맛있어도, 고기와 술은 자제하자꾸나. 앞으론 근사한 식당에서 보지 말고, 운동화 차림으로 만나 걷자. 걷기만 해도 유방암 위험이 줄어든대. 군살도 빠지고, 똑똑해지고, 골밀도도 높아진다잖아. 마녀체력 선배가 열심히 끌고 다닐 테니, 하루빨리 기력을 되찾으면 좋겠구나.

집으로 가시는 길이면
걷는 동안이라도
말씀드리면 안 될까요?

이소영, 『별것 아닌 선의』(어크로스, 2021)

레이먼드 카버의 소설집 『대성당』을 읽어 보셨는지. 그중에서도 「별것 아닌 것 같지만, 도움이 되는」이라는 단편을 좋아한다. 어린 자식을 잃고 울부짖는 부모에게 어떤 위로를 건넬 수 있을까. 빵집 주인은 그저 갓 만든 빵을 대접할 뿐이다. 그 순간, 잠시나마 거대한 슬픔이 멈췄다.

이야기의 상황뿐 아니라, 역설적 의미가 담긴 제목이 맘에 와 닿았다. 좌우명으로 삼고 싶었다. SNS의 프로필마다 빼놓지 않고 적어 놓았다. 대단하진 않아도, '할 수 있는 만큼 선의를 베푸는 사람'으로 살고 싶기 때문이다. 나 또한 누군가에게 매달리고 싶을 만큼, 절박할 때가 있었다. 그럴 때마다 내 사정에 귀 기울여 주고, 적절하게 도움을 건넨 이들의 은혜를 입었다.

이소영 교수도 '빵집 주인'에 대한 얘기로 책을 시작한다. 동지를 만난 것처럼 반가웠다. 아예 책 제목을 『별것 아닌 선의』로 지었으니, 나보다 더 큰 애정을 과시한 셈이다. 일상에서 서로의 고통에 귀를 열고, 손을 내미는 작은 응답이 중요하다고 강조한다. 밤 늦게 찾아온 학생이 시간을 내달라니, 예의가 아니다. 그럼에도 교수는 '듣는 귀'가 되어 준다. 10분도 아니요, 걷는 동안만이라도 들어 달라는 제자의 간절함에 기꺼이 곁을 내준다.

절박한 이에게 다가서려면 우선 겸손해야 할 것 같다. 책 곳곳에 '나약하고 얕은 인간'이라고 쓴 자기 고백이 그 증거다. 내 부족함을 알아차리고, 남의 호의를 순순히 받아들이는 것. 그렇게 받은 선의를 또 다른 이에게 돌려주는 것이야말로 선한 영향력이다.

책의 말미에서, 저자가 고치기 힘든 병을 앓고 있다는 사실을 알았다. 꼭 완치되기를 바란다. 나의 기도가 그의 고통을 덜어 주는 '별것 아닌 선의'가 되기를.

길에서 엄마랑 딸이

나란히 팔짱을 끼고 다니는

모습을 보면

견딜 수 없어져서

눈물이 나기도 해.

최은영, 『밝은 밤』(문학동네, 2021)

여태 엄마와 싸운 적이 없다. 내가 착한 딸이라기보다, 엄마가 특별해서다. 자식을 위해 희생하는 걸 흔히 모성이라고 한다. 그러나 세상 모든 엄마가 다 그런 건 아니다. 엄마는 유복한 환경에서 자라지 못했다. 결혼 생활도 그다지 행복하지 않았다. 그런데도 타고난 건지, 사랑이 많은 분이다. 그 사랑의 대부분을 딸인 내가 다 받았다. 그런 엄마를 둔 것만으로, 내 생은 축복이다.

나이 든 엄마의 사랑은 어찌 보면 단순하다. 쉰 넘은 딸을 보면서 “예쁘다, 예쁘다” 한다. 심심해 보이면 찾아오고, 바쁜 것 같으면 모른 척한다. 도움을 청할 때마다 군소리 없이 들어준다. 자식들 맛있게 먹이는 걸 최고라고 여긴다. 어떤 결정을 해도 “잘했다”며 내 편에 선다. 딸이 신경 쓰지 않게 스스로 자기 건강을 챙긴다. 나열해 놓고 보니 하나같이 쉬운 일이 아니네. 내 아들에게, 난 그런 엄마일 수 있을까.

증조할머니의 딸(할머니)의 딸(엄마)의 딸까지, 4대 모녀의 삶을 따라간 『밝은 밤』. 또한 피는 섞이지 않았어도, 질기고 애틋한 여성들끼리의 우정. 『여자전』을 쓴 김서령의 말처럼 ‘한 여자는 그대로 한 세상’을 대변한다.

세상이 준 상처, 엄마와의 불화를 피해 주인공이 찾아든 곳은 할머니의 그늘이다. 꼭 내 엄마처럼 사랑을 주는 할머니였다. 엄마한테 어떻게 사과해야 할지 모르겠다는 손녀에게 할머니가 말한다. “엄마가 딸을 용서하는 건 쉬운 일이야.” 그러니 지체하지 말고 다가서라고.

자매도, 딸도 없는 내게 남은 유일한 여성 혈족은 엄마뿐이다. 가까이 살아서 좋다. 같이 장을 보거나, 팔짱 끼고 산책할 때면 근심이 사라진다. 재잘대는 어린 딸로 돌아가기 때문이다. 이제는 내가 엄마한테 더 많이 사랑을 내 드릴 차례다. ‘밝은 밤’이 얼마 남지 않았다.

하루가 멀다 하고
말하는 자리에 가기 위해
집을 나설 때마다
같은 말을 읊조렸다.
“내가 뭐라고…….”

094

이슬아, 『심신 단련』(헤엄, 2019)

작가가 되고 가장 달라진 게 뭘까. 대중 앞에 설 일이 잔뜩 생긴 거다. 편집자일 때는 뭣도 모르고 저자들을 설득했다. 방송에 나가거나 강연을 해야 한다고. 책을 홍보하려면 무조건 필요한 행사라고 독려했다. 뒤돌아서 속으로는, 곤혹스러운 일이겠거니 싶었다. 작가가 글로 쓰면 됐지, 사람들 앞에 서서 떠들기까지 해야 하나? 나 같으면 쫄려서 도저히 못 할 노릇이었다. 아무래도 그때 쌓인 업보가 되돌아오는 것 같다. 너도 한번 당해 보라고.

지금쯤은 '말하기의 달인'이 될 법도 한데, 여전히 어색하다. 그러면서도 동쪽 끄트머리(울진 도서관)든, 남쪽 끝자락(삼천포 도서관)이든 부르면 마다 않고 간다. 서너 시간 넘게 고속버스를 타느라 쫄쫄 굶어야 할 판인데도 말이다.

사서들은 먼 곳까지 와 줘서 송구하다고 말한다. 고마운 건 오히려 내 쪽이다. 유명한 저자도 아닌 내 얘기를 듣자고, 소중한 시간을 할애해 준 청중들 아닌가. 단지 시간뿐이랴. 어떤 분은 병원에 입원해 있다가 잠깐 빠져나왔단다. 깁스한 다리로 목발을 짚고 나타난 독자도 있었다.(두 명이나!) 지역 주민도 아닌데, 여행 왔다가 소식을 듣고 찾아오신 분은 어쩌고. 그럴 때면 나도 이슬아 작가와 똑같은 마음이 된다.

'아이고, 내가 뭐라고…….'

그동안 만난 다정하고 적극적인 독자와 청중께 두 손을 모은다. (특히 경주에 사는 권영미 님, 몇 번이나 만나러 와 줘서 고마워요.) 편집자로만 살았다면, 죽었다 깨어나도 모를 작가의 맘이다. 이슬아 작가는 미니 앰프와 기타를 챙겨 다니기도 한단다. 나는 튼튼한 다리를 지녔으니, 어디든 찾아가는 '뚜벅이 작가'로 자리매김해 볼 작정이다. 북쪽 산간 마을에도, 서쪽 바닷가 촌락에도, 기다리는 독자만 있다면.

맙소사,

남자들은 발을 질질 끌고 다녔고,

여자들은 모두 자세가 구부정했다.

어떤 사람들은 좌석이 있는

보행기를 밀고 다녔다.

음, 이것이 그녀의

미래가 될 것이었다.

엘리자베스 스트라우트, 『다시, 올리브』(정연희 옮김, 문학동네, 2020)

시아버지나 아빠가 먼저 가실 줄은 몰랐다. 두 분 다, 당신 기질대로 맘껏 사셨다. 감기 따위로 병원에 가시는 일도 없었다. 허나 죽음에는 순서가 없는 법. 두 어머니만 남아 각자의 삶을 이어가고 계시다. 하긴 동갑일 경우, 여성이 남성보다 7년 정도 평균 수명이 길단다. 할머니들이 비교적 더 오래 산다는 말이다. 집 근처 노인정에만 가 봐도 알겠다. 할아버지는 서너분인데, 혼자 사는 할머니는 열 분이 훌쩍 넘는다.

남편이 술을 진탕 마신 다음 날이면, 버릇처럼 협박한다.

"그렇게 술을 마셔대다간, 내가 17년은 더 살걸?"

자만하지 말고 건강 좀 챙기라는 잔소리다. 아무리 기를 써 봤자 달려드는 노화를 피하지 못한다. 늙음이 오는 길은 가시로도, 강철 지팡이로도 막을 수 없다. 살다 보면 머리가 하얗게 새겠지. 걷기 힘들어지는 날이 올 거다. 나 혼자 17년을 사는 게, 좋기는커녕 공포로 다가올지도 모른다.

『다시, 올리브』의 올리브는 80대 여성이다. 전남편 헨리는 일찌감치 요양원에서 죽었다. 9년 동안 같이 산 두 번째 남편 잭도 가 버렸다. 하나밖에 없는 아들은 자주 보지 못한다. 혼란스럽고, 외롭고, 다가올 죽음이 두렵다. 결국 공동 시설로 들어가, 지팡이를 짚고 기저귀를 찬다.

인간이란 그렇게 스러지는가. 종국엔 끔찍함과 허망함만 남는가. 아니, 올리브는 끝까지 생의 존엄을 놓지 않는다. 타자기를 치며 기억을 남기고, 장미 나무를 심는다. 친구와 교감을 나누면서 쇠락한 육신을 끌고 나간다. 아! 소설의 힘이란 이런 거다. 아직 먼 일이라고 여겼던 노년을 미리, 실감나게 겪는다. 올리브 덕분에, 다가올 무서움을 담담히 견딜 수 있을 것 같다. 노화조차도 귀중한 생의 일부분임을 환기하면서.

어차피 맞을 비라면,

맞으면서 걸어가는 것이 낫다.

김범석, 『어떤 죽음이 삶에게 말했다』(흐름출판, 2021)

096

"어쨌든, 죽는 건 늘 타인들이다."

마르셀 뒤샹의 묘비명이란다. 남성용 소변기를 예술 작품으로 승화시킨 작가답게, 냉소적이다. 이이는 반드시 죽고, 저이도 죽을 게 확실하다. 그 와중에 나만은 액션 영화의 주인공처럼, 요리조리 죽음을 빠져나갈 거라고 여긴다. 그야말로 아무런 근거 없는 '희망사항'에 불과하다. 암이나 치매 같은 병은 무자비해서, 사람을 가리지 않는다. 편의를 봐 주지도 않는다.

서울대학교 병원 혈액종양내과 의사가 쓴 『어떤 죽음이 삶에게 말했다』. 이 책을 읽으면서, 언젠가는 찾아올 '나의 죽음'을 미리 마주해 봤다. 『마녀엄마』에 떡하니 유언장을 써 놓긴 했지만, 암 선고를 받으면 나라고 별수 있을까. 하늘을 향해 손가락질 하면서 "세상에, 이럴 수가!" 원망하겠지. "하필이면 왜 나한테!" 부르짖겠지. 저자의 표현대로라면 '허허벌판을 지나다 예고 없이 쏟아붓는 지독한 폭우를 만난 것'과 비슷할 테니까.

"일흔 넘어 암에 걸리면 수술이나 항암 치료가 의미 있을까" 하고 입바른 소리를 잘도 해댔다. 건방진 나더러 들으라는 듯 저자는 말한다. 우산도 없이 제자리에 선 채 고스란히 폭우를 맞는 건 정답이 아니라고. 비치적거리면서도 걸어가 보는 게 현명하단다. 혹시라도 비를 피할 수 있는 처마가 나타날지 모르니까. 제일 중요한 태도는 현실을 직시하는 거다. 어차피 지나가야만 하는 여정으로 받아들이는 거다.

암이 완치되거나 재발하는 건 신의 영역이다. 의사도, 환자도 손 쓸 도리가 없다. 다만 운이 좋아 연장된 생명을 이제부터 어떻게 누릴 것인가. 혹은 얼마 남지 않은 삶을 어떤 식으로 마무리할 것인가. 그것만이 오로지 인간에게 달렸다.

한 사람 한 사람 모두
저마다의 걸음걸이가 있고
저마다의 날갯짓이 있어요.
나는 내 길을 가야 하고
이때 중요한 것은
'어제의 자기 자신으로부터
나아가는 것'입니다.

한동일, 『라틴어 수업』(흐름출판, 2019)

097

한창이던 30대에 불행하다고 느낄 때가 많았다. 뭐 하나 제대로 이룬 것이 없었다. 전셋집은 한낮에도 동굴 같았다. 재개발로 솟은 아파트는 손이 안 닿는 신기루였다. 아들은 공부를 안 했고, 남편은 몸무게가 늘어갔다. 친구들은 너도나도 외국에 건너가 살았다. 지인들은 주식, 부동산, 골프에 열을 올렸다. 젊은 나이에 병이 생긴 나는 틈만 나면 늘어졌다. 근사한 저자들과 일한다는 자부심이 없었더라면, 그 시절을 어찌 견뎠을까.

40대에도 환경은 크게 달라지지 않았다. 다만 내가 변하기 시작했다. 기운 없던 아줌마가 주말이면 밖으로 나가 몸을 움직였다. 운동하는 사람들의 호쾌함은 전염성이 강했다. 낡은 옷을 걸치고도 부끄러워하지 않았다. 그 세계에선, 직업이나 재산이 삶을 재는 척도가 아니었다. 오늘 하루 얼마나 땀을 흘렸는지에만 몰입했다. 단순하고 정직하고, 딴생각이 안 나도록 짜릿했다.

50대에 올라서니 허! 인생 짧도다. 화려한 명함이 사라질까 불안하다. 부모의 자랑이던 자식들은 둥지를 떠나간다. 거울을 들여다보니 젊음은 어디로 갔나. 건강검진 때마다 두렵기만 하다. 로마의 공동묘지에 새겨졌다는 "오늘은 나에게, 내일은 너에게"가 실감난다. 만약 마흔의 터닝 포인트가 없었다면 어땠을까. 여전히 손에 쥐지 못한 것 때문에 불행했겠지. 다른 이의 행운을 부러워했겠지. 몸이 아프다고 궁시렁대며, 남 탓만 했겠지.

고전에 스며든 세월의 힘은 강하다. 찰나에 급급한 인간에게, 라틴어는 짧고도 웅숭깊은 진리를 전한다. 세상에 오롯이 하나밖에 없는 존재가, 남과 비교하면 지옥이 열리는 법이다. 어쩔 수 없는 건 내버려 두고, 할 일만 차분히 이어가는 것. 어제보다 나은 하루를 쌓아, 좋은 인생으로 나아가는 것이 삶의 의미다. 그렇게 저마다의 걸음걸이로, 우리는 종착역을 향해 가고 있다.

그날은 좋아서 팔짝팔짝 뛰었어요.

영화 『원더풀 라이프』(고레에다 히로카즈 감독, 1998)

098

저세상으로 가기 전, 가장 좋았던 추억 하나를 재현한다면 여러분은 뭘 고르겠는가. 일본인 감독 고레에다 히로카즈가 만든 영화 『원더풀 라이프』의 주제다. 죽은 사람들은 이승과 저승 사이의 중간계에서 일주일간 머문다. 차분하게 지내며, 기억하고 싶은 한 순간을 골라야 한다.

누군가는 별 고민 없이, 선뜻 어릴 때 추억을 선택한다. 전 생애를 비디오테이프로 다 돌려 봐야 하는 이도 있다. (끝까지 고생이다.) 마감 시간이 됐는데도 결국 고르지 못하면 어찌 될까? 거기 상담사로 남아 몸으로 때워야 한다. (영원히 고생이다.)

혹시나 정말로 그런 절차가 있을지 모르니, 이참에 삶을 반추해 봤다. 그다지 애쓰지 않고도, 몇몇 순간들이 퍼뜩 머리를 스친다. 최우선으로 꼽는 건, 군대를 무사히 제대한 아들과 교토에서 머물렀던 가족 여행이다. 사랑하는 이들과 꿈꾸던 장소를 거닐며, 맛난 음식을 나눠먹는 기쁨이란! 그런 행복을 이길 만한 게 있을까. 그 외에도 후보로 올릴 만한 추억이 몇 건 떠오른다. 친구들과 함께 천국의 풍경을 만끽한 몽블랑 트레킹. 남편과 복식으로 참가한 배드민턴 대회에서 1승을 올린 짜릿한 순간.

어라? 세 가지 추억 모두에 '아직까지는' 남편이 떡하니 껴 있다. 미우니 고우니 지지고 볶아도, 이만하면 결혼 생활을 잘해온 셈인가. 단정하긴 이르다. 10년쯤 더 살다 보면, 순위는 얼마든지 바뀔 수 있으니까. 남아 있는 시간을 더 재밌게 살아야지. 후보에 올릴 다크호스들을 무진장 만들어야지. 하핫! 너무 많아 고르지 못하는 바람에, 저승에 못 가면 낭패겠지만.

우리는 영웅이 될 필요가 없고
될 수도 없다.
우리는 모두 하나의 조짐,
움직임이다.
익명의 바통이다.
그리고 그 바통 위에는
'끝나지 않았어'라는 말이
새겨져 있다.

심보선, 『그쪽의 풍경은 환한가』(문학동네, 2019)

살면서 "제가 작가님 팬이에요"라는 소리를 얼마나 남발했던가. 편집자라는 직업적 특성 때문이기도 하다. 사실 저자를 향한 '팬심'이 없었다면, 책을 만드는 일이 지난하기만 했을 거다. 하긴 팬을 자처하면서도, 눈에 띄는 응원은 별로 해본 적이 없다. 고작 신간이 나오면 사 읽는 정도의 날라리에 불과했다. 팬레터를 보낸다거나, 만사 제치고 북토크에 달려가는 일은 드물었다.

작가가 되어 보니 알겠다. 책을 읽는 것만으로 끝내지 않고, 편지를 보내거나 선물을 전하는 마음이 얼마나 정성인지. 얼굴을 보겠다고, 행사에 찾아오는 독자는 그야말로 '찐팬'이다. 나는 그걸 알면서도 부끄러워, 표현을 잘 못한다. 만나면 사진이나 찍고, 덤덤히 웃기만 한다. 속으로는 '고마워서 이걸 어쩌나' 싶다는 걸 알아주시라.

『마녀엄마』가 나왔을 때는 더 과분한 사랑을 받았다. 동네 책방을 살리자는 작가의 뜻에 무조건 공감하는 게 어디 쉬운가. 많은 분이 일부러 책을 사러 나가는 번거로움을 마다하지 않았다.

글만 써서는 먹고살기 힘든 시대를 살고 있다. 작가로서 얼마나 더 연명할 수 있을지 짐작도 못하겠다. 다만 응원을 보내는 익명의 독자들이 있는 한, 글쓰기를 멈추지 않을 작정이다. 끝날 때까지는 끝난 게 아니니까. 여러분이 건네주는 바통을 꽉 쥔 채, 내가 맡은 구간을 성실히 달릴 거다. 다정한 독자들이여, 한 손을 뒤로 내밀고 기다려 주시길. 이번에 내가 넘길 바통엔 '걷기의 말들'이라고 새겨져 있다오.

아름다운 동피랑 언덕을 지나

그림 같은 이순신 공원을 걷네

달짝지근 맛 좋은 꿀빵을 손에 들고

함께 가요 통영

노래 「통영이야기」(어쿠스틱로망, 2017)

2012년, 머리털 나고 처음 통영에 가봤다. 통영 사는 후배의 추천에 따라, 남들 다 간다는 1박 2일 코스를 부지런히 돌았다. 남망산 조각 공원에 갔다가 동피랑 벽화 마을을 둘러봤다. 중앙시장에서 회를 먹고, 거북선이 얹힌 호텔에서 잠을 잤다. 아침 일찍 서둘러 서호시장으로 출발했다. 시락국을 먹고, 디포리를 집으로 부쳤다. 배를 타고 들어가 장사도를 일주한 뒤, 이순신 공원에서 일정을 마무리했다. 헥헥, 힘들어라.

이때만 해도, 그 후배가 남쪽에서 출판사를 차릴 줄 몰랐다. 거기서 내가 책을 낼 줄은 더더구나 몰랐다. 일 년이면 서너 번, 통영 갈 일이 절로 생겼다. 거리는 여전히 까마득했지만, 어디보다 살가운 동네로 자리 잡았다.

요즘 통영에 가면 동선이 단순하다. '봄날의책방'에서 책을 고른다. 옆에 붙은 '전혁림미술관'에서 그림을 본다. 근처 '백서냉면'에서 냉면을 먹는다. 골목 입구 '벚꽃아래' 카페에서 딸기 주스를 마신다. '모노드라마'에서 흑백 기념사진을 찍는다. '통게스트하우스'에서 자고 일어나 용화사로 향한다. 더 깊숙이 자리한 미래사까지 올라간다. 동백나무 길을 지나 울창한 편백나무 숲을 만끽한다. 꽃밭이 눈부신 '정원'에서 갈치조림을 먹는다. 일러스트레이터 밥장의 내성적싸롱 '호심'에서 수제 맥주를 마신다. 죄다 봉수골에 있어, 온종일 걸어만 다닌다.

2018년, 김탁환 선생과 합동 북콘서트를 했다. 100명 넘는 분들이 전혁림 미술관 안을 가득 채웠다. 인디밴드 '어쿠스틱로망'이 라이브로 「통영이야기」를 불렀다. 딱 한 번 들었을 뿐인데, "통통통통통통통영"이 한동안 입속을 맴돌았다.

박준 시인은 봄이 오면 통영을 앓는다고 했다. 밥장은 여름 축제처럼 통영이 섹시하단다. 내게 통영은, 시간 많은 노인처럼 느리고 유유자적하다.

걷기의 말들
: 일상이 즐거워지는 마법의 주문

2022년 2월 24일 초판 1쇄 발행
2023년 6월 24일 초판 2쇄 발행

지은이
마녀체력

펴낸이
조성웅

펴낸곳
도서출판 유유

등록
제406-2010-000032호(2010년 4월 2일)

주소
경기도 파주시 돌곶이길 180-38, 2층 (우편번호 10881)

전화
031-946-6869

팩스
0303-3444-4645

홈페이지
uupress.co.kr

전자우편
uupress@gmail.com

페이스북
facebook.com
/uupress

트위터
twitter.com
/uu_press

인스타그램
instagram.com
/uupress

편집
사공영, 백도라지

디자인
이기준

조판
정은정

마케팅
전민영

제작
제이오

인쇄
(주)민언프린텍

제책
다온바인텍

물류
책과일터

ISBN 979-11-6770-023-0 03810